泾河◎著

青马

杨宏峰◎主编

回族当代文学典藏丛书

黄河出版传媒集团
宁夏人民出版社

图书在版编目（CIP）数据

青马 / 泾河著. —银川：宁夏人民出版社，2015.4

（回族当代文学典藏丛书 / 杨宏峰主编）

ISBN 978-7-227-06020-8

Ⅰ.①青… Ⅱ.①泾… Ⅲ.①诗集—中国—当代 Ⅳ.①I227

中国版本图书馆CIP数据核字（2015）第075530号

回族当代文学典藏丛书 杨宏峰 主编

青 马 泾 河 著

责任编辑 周淑芸

封面设计 石 磊

责任印制 肖 艳

黄河出版传媒集团
宁夏人民出版社 出版发行

地 址 银川市北京东路139号出版大厦（750001）

网 址 http://www.yrpubm.com

网上书店 http://www.hh-book.com

电子信箱 renminshe@yrpubm.com

邮购电话 0951-5052104

经 销 全国新华书店

印刷装订 宁夏报业传媒印刷有限公司

印刷委托书号 （宁）0016961

开 本 880 mm × 1230 mm 1/32

印 张 7.875

字 数 100千字

印 数 1200册

版 次 2015年4月第1版

印 次 2015年4月第1次印刷

书 号 ISBN 978-7-227-06020-8/ I · 1512

定 价 26.00元

回族当代文学典藏丛书

主　编　杨宏峰

副主编　石彦伟　石舒清　李有智

泾　河

本名兰煜，回族。1976年生于宁夏泾源县。1994年开始文学创作，作品发表于《诗刊》《民族文学》《朔方》《星星》《绿风》《散文选刊》等报刊，入选《新中国成立60周年少数民族文学作品选诗歌卷》《星星50年诗选》《宁夏青年作家作品精选》等。著有诗集《绿旗》。

承智慧世，回族文学之时代乐章[1]

杨宏峰

在全球化语境中，面对世界文学与中国文学的迅速发展与变化，民族心理结构的重组与来自各种渠道的文化交汇，当下的回族文学正处于觉醒与嬗变、返璞与升华之阶段，明显表现出一种认知本土、多维建构之态势，并取得了令世人瞩目之成就。这是广大回族作家选择既开放又坚守之文化策略，以其先进性与科学性认知回族文学的价值取向与民族现代性之建构。

回族文学是中国文学这个大系统中的一个重要组成部分。拥有丰富多样的民间口头文学遗产，其历史悠久、区域性影响广泛，同中亚与西亚以及世界历史文化有着密切联系，同时拥有众多作家创作的书面文学传统，构成现代文学之雄厚基础，成为考察其回族现代民族性之前提与依据。华夏独特的地理环境形成的文化积淀，孕育了丰富多彩而又极具特质的物质与精神文化，从古代回族神话、口头文学一直延续到当代回族作家文学，其间浩浩乎经历了几百年之历史烟云，成就了璀璨的回

①本文系第二批“回族当代文学典藏丛书”之总序，本“总序”在第一批丛书“总序”的基础上做了部分修改。

族文化。尤其是近代以来，回族作家文学浸润着古老的民族文化精神，凸显着一股蓬勃鲜活之气。回族文学在新时期以来的发展，基础扎实、步伐持重，故成就突出，百花满园，涌现出了强大的文学队伍，老中青三代回族作家形成了一个特殊的文学艺术共同体，共同体成员拥有丰富的民族文化遗产，并在文化想象与文化表达上具有一致性，皆能展现出其独特的自我意识。他们共同努力，勤奋耕耘，一批叫得响、立得住、受读者欢迎的精品力作不断涌出，不仅在少数民族文学界形成优势阵容，在中国文学长廊里亦是一道亮丽的风景。宁夏人民出版社历来关注和助推回族文学的发展，力荐优秀作家与作品，为回族文化留下丰富的心灵传记与动人的时代乐章，这是我们一贯坚持的主张。在20世纪八九十年代，我们就曾推出一套“当代回族作家丛书”，相继编辑出版了木斧、胡奇、张承志、马犁、马连义、张宝申等在中国文坛具有代表性的一批回族作家的作品。

后来，又陆续策划出版了一批以回族题材为特色的文学作品和理论著作，有力地促进了回族文学的持续发展与繁荣。这一时期的回族文学，在历史记忆、文化想象、族群认同等方面，具有特别重要的意义，并呈现出一派欣欣向荣之局面。文学的民族性是以该民族的世界观、价值观、美学观作为一种本质性之精神实体，艺术地表达一定社会与民族独特的历史与精神生活，在精神与实践之具体运动过程中不断变化与深化，并在文学文本中圆满地得到反映。民族文学一方面体现民族历史、社会特征，另一方面展示地域文化形态，两方面皆存在于民族文学的每一个结构层面里，最终体现在多层面组成的民族文学总体风格特色中。一个民族总是生存在特定之社会环境中，传承着特定的文化基因，有同其他民族文化特定之交汇，这是寻觅民族文化心理轨迹之出发点。长期的游牧农耕文化铸就了少数民族有别于其他民族之特性，这就是少数民族文学生存繁荣之土壤。在民族社会生活之表层，揭示出一种深刻的意蕴，亦即那些能够左右一个民族的生存与发展之特质，民族赖以生存之自然地理环境，特有之历史文化氛围以及特定的文化归属、情感归属、灵魂归属、信念归属、民族心理结构与民族性格。回族作家追溯本民族特定之精神文化与族群记忆，并对文化的积淀、地域的影响、生活的特质与当下现实进行深入探索，通过异彩纷呈的民族生活、特有的民族韵味，创作出了具有民族审美特质的作品。作品挖掘民族精神，向世人展示回族人民的勤劳质朴、豪爽宽厚、勇敢机智的性格内涵；让世人真实地了解到这一民族之所以在历史长河中生生不息、不断发展之内在因素。与此同时，回族有着很强的内聚力，这是回族人民生存之需要。有许多有识回族作家反思内聚力之二重性，在讴歌本民族这种内聚力所形成的勤奋耐劳、不屈不挠的精神之同时，还揭示了这种内聚力的消极之一面，即它所带来的封闭、对新事物的不敏感等，皆是阻碍本民族进步之痼疾。很多回族作家的作品触及与揭示了这些心理细节之复杂内涵，这表明了回族作家已经认识到困扰本民族发展之因素，这种反思与觉醒，对于文学的发展有着积极的助推作用。

每个时代的乐师，皆应弹奏出自己时代之乐章。时代精神既包含着现代意识，又囊括了当下人们可以感知的文学风格、审美习性、哲学思考、价值取向、社会情绪等多种社会基因。由于历史的变迁与各民族之融合，回族文学正处于动态变化与不断被创造之过程中。当下民族经济生活从自然形态逐步向市场化形态转变，从而导致了民族心理结构之重组与来自各种渠道的文化交汇。全新的经济格局以及新的社会心理与理念，既令人惶惑又令人兴奋地进入现代场景的五彩生活之中。在这种精神交汇、思潮辐辏之当代场景里，一向以稳重、庄严著称的少数民族文化也与其他文化一样，表现出顺应与参与之积极态度。在当今社会转型期，这种特质遭遇着前所未有之文学嬗变，新时期以来回族文学之实践也愈来愈表明了这种嬗变之不可抗拒性。故现在对回族作家作品或某种文学现象进行界定时，我们已失去了往日文学批评所表现出的轻松与从容，已经很难用回族固有之思维习惯、审美判断、情感表达方式来明确界定，这是回族文学自身在发展中带来的质的增生，也是对新的叙事模式的一种激情召唤。在这种文化愉悦交汇与思潮尽情辐辏的当代场景中，自然亦形成了现代理念与传统理念双重意识观照下的当代回族文学的时代特征与价值判断。特别是进入20世纪80年代以后，回族文学的发展出现了崭新之局面，涌现出了一大批作家作品。这个时期的回族作家较之五六十年代的回族作家，显然有了更自觉更强烈的民族文化归属感，对于民族文化、民族精神也有了更深入之认识与感受。在创作上，他们不满足于从表象上表达民族特色，而是努力深入到民族生活、民族思维、民族心理、民族情感的更深层次中去，深入挖掘民族文化、民族精神在人物内心世界中之积淀及其变化，力求在创作中将民族化与现代化、民族意识与现代意识、民族特色与时代精神较好结合起来，从而将民族的生存状态与文化性格揭示出来。从20世纪80年代到世纪末的回族文学，在民族性上，显然得到了极大的强化与普遍认同。这个时期的回族文学创作，其现代生态主义写作已进入了他们的写作视野，突出表现了在中国最浩渺、广阔的人文地理空间、人与环境及其他生态之特殊遗存关系。宏大叙事不再“一枝独秀”；许多作品视角下移，通过描绘普通人、底层与草根故事，把时代精神、民族精神的成长还原为具体人的精神成长，放大了人性描写，从而受到文坛关注。在创作方法上也主张多元共存，叙事类型、叙事视角、叙事模式与叙事手法皆逐渐呈现出多样化与个性化之趋势。很多回族作家在通过作品体现民族性上，有了一种自觉意识，有了文化归属感；在创作中描绘民族生活、表现民族的生存状况，皆更加凸显了民族性。这个时期的作品，与作为主流文学的汉族文学作品相比，没有停留在表现民族性的表象上，而是从精神之层面，从思想理念与心理情感之层面去揭示民族性，作品所呈现给读者的更多的是一种异质文化表象图景。在很大程度上，读者与社会也正是从这种异质文化图景来接受作品的。这种异质文化图景与民族性是一致的，并且凝结为一种精神动力，一种文化品格。

很显然，文学的民族性之形成与获得是一个建构的实践过程，在这个过程中，身份认同、文化想象具有特别重要之意义。人类学家科班说：“任何地域共同体，只要其成员意识到自己作为一个共同体成员的存在，并希望维持他们的共同体的整体性，就是一个民族。”(耶尔·塔米尔：《自由主义的民族主义》，上海世纪出版集团，2005年版，第59页)对作为民族实体的共同体之认同，将自己看成是共同体中之一员，在共同体中确定自己的文化身份，这是形成民族性之首要一步，也是最关键之一步。如果没有这种身份上之自觉认同，也就不会有民族性之形成。但这里的认同，不仅仅是一种身份之认同，不是那种一厢情愿地认为我就是那个民族的简单表述，更重要的是，它体现了一种文化的归属感。即是说，认同共同体的历史记忆，认同共同体的文化行为与文化价值，认同共同体的精神信仰；在想象中，将自己的命运与共同体的命运联系在一起，将自己的信仰、情感、价值理念等归属于共同体中，从共同体中寻找历史渊源、精神渊源、文化渊源、情感渊源，在共同体中塑造与被塑造。在很大程度上，我们可以说，文学的民族性是在文化想象中建构起来的。

决定一个共同体之成为共同体的是文化，体现民族文学中民族性的也是文化。民族文学怎样获得民族性，说直接一些就是怎样表达民族文化与民族精神。从本质上来看，文化是日常性的，就是人们日常之生活，人们的行为模式、思维方式、情感形式，人们的精神信仰，以及人们为表达精神信仰所创造的一系列仪式符号。建构民族文学的民族性，就是要求作家在文学中表达民族的生活，关注民族个体生命的存在状态与现实处境，从民族之日常生活中发现民族精神与文化品格，皆是民族命运。而要表达民族生活，揭示民族命运，更重要的是需要我们的回族作家有丰富的文化想象力与感受力，而这种想象力与感受力则是在回族作家对民族文化、民族传统、民族日常生活有皈依感之前提下才能获得的。回族作家对民族文化、民族传统、民族生活之认同，对于作品民族性之获得，是具有决定意义的。“生活在自己的民族中具有更多的优点。它提供了被

重要的他者承认的可能性，不管这个他者是自己的长辈还是同辈。他们理解我，就像我理解他们一样。而这种理解在我的内部创造了在这个世界上我并非无足轻重的感觉……民族生活使个体能够享受到一定程度的、光凭自身不能体验的自我实现。”(耶尔·塔米尔：《自由主义的民族主义》，上海世纪出版集团，2005年版，第80页)当民族与民族生活对我们的回族作家有这样的意义的时候，回族作家创作中的民族性，就一定是一个自然之过程。亦即说，回到民族文化中去，回到民族传统中去，回到民族生活中去。这样，回族文学的民族性就一定能够得到彰显与强化，这是保证回族文学获得民族性之根本。

透过这些散发着浓郁回族民族特色的文学作品，我们看到了一个承载着坚韧、清洁、挺拔与希望的博大、宽厚的精神载体，看到了记录时代、紧贴大地、挖掘普通人内心世界的民间情怀，此乃源于回族作家对生活的丰厚积累和深刻洞察。这些作品，是对回族优秀文明及其精神信仰之依赖与传承，也是对当下时代的某种浮躁之风的抵阻。因为昨天的文化自觉，回族作家开始了对自我的审视与书写；因为今天这些作品的呈现，使我们对未来的回族文学充满更多的文化自信与美学期待。

我们由衷地希望这套“回族当代文学典藏丛书”所传递的民族精神延伸至全国与世界。因为回族文学的意义与价值，不仅在于对本民族的精神表达与民族性建构，还为构建文化强国贡献着独有的精神智慧；即便在全球化语境中，回族文学对维系民族文化的多样性、丰富性，并拓展华夏文明与世界文化对话，仍有不可替代之效用。我想，这正是“智慧天下”之意涵所在。

目　录 CONTENTS

第一辑　大地之心

第二辑　圣咏之书

第三辑　精神之焰

附　录

第一辑

大地之心

明月为灯。灯前玉树绽放银辉

我以明月为马，看苍茫穹宇遍布的星斗

开满祖国西陲

坐轿的雪花

雪花长大成人。坐上花轿即将出嫁
天地间尾随者云集

轿夫步履匆忙
白衣轿夫个个如仙子

雪花低头。云髻高耸
尘世三千粉黛黯然失色

轿夫匆匆。雪花内心愁苦
她的眼角挂着咸苦的泪水无从表白

（原载《朔方》2005年11期）

失明的鸽子

这只鸽子像一团凝固的雪水挂在树枝
它双目失明。它内心亮堂
它小憩一会就不停地飞。撞在柴门、墙壁和树上
浑身洁白的羽毛四散飞扬
呼啸着。周围被它撞得遍体鳞伤
它的骨骼明朗地带动着它
它要用飞表达出第三只眼睛所看到的

（原载《朔方》2005年11期）

弱水流

边山之沿，红枫叶下的小鸟偷情时
一条弱水出动的声息过大
它淌过魏征梦斩老龙的三潭
它的行踪让一块岩石走漏风声
其实这条弱水平常像一挂白云
今天它的走动显得异常。怀抱水中一弯浅月
在众目睽睽之下，它喊出母亲的名字
其时母亲正在梦中
这瓢弱水多想在月光的怀中照出银色的影子

（原载《诗刊》2005年10期下）

水 图

清苦的后园，一排排站着开放的玉米未老先衰
水的目光从遥远的天间投来。水道开启
新娘进入妊娠期。灶膛火红
月色下的菊花地，风没有了媒妁的主意

把大地打开。水的图蜿蜒着进入千家万户
像托梦的信士。银子在人们翻覆不停的后半夜
顺着粮食的秸秆流淌而下

手掌摊开。横竖交错着的水图被握出咸涩的盐粒
两片手掌，一张水图左右相接，成完整的水脉

额头仰起。四条深陷的皱纹直通东西
眼睛看不见的水图，在最低的高处，天天加深

我的眼睛里布满雷声
我的眼睛是水域里的云层。我的眼睛多次哭出泪水
我的眼睛却看不见水

（原载《诗刊》2006年2月上）

贺兰山阙

月亮注目西方。葵花在它的胸怀里
散成水的模样。北驰的马群里
身披长袍的老者口含铃铛

他要吹响铃铛。我看见山的阴影
西夏的娇娃丰乳肥臀
以水为屏。成佛的贺兰山阙坐成莲花

红影舞动。我站在西风之风里
一股远洋的大浪夹裹铁马

他站在巨峰之上，是风中祈雨之旗
要想说出古香古色的经纶

月亮下沉的位置。一股铁气升腾直上
马在马的位置。水在水的位置
一颗孤立的陨星突然发光了

（原载《诗刊》2006年2月上）

大豆发芽，梨树开花

浅水成镜。一群顽劣的雨落下无痕
迎迓而出的春光湿淋淋

阳坡地上，早发之阳气似蒸蒸大潮
歉收的大地，跑动着昨日的夜雀

布谷之鸣略显晦涩
三百户村落只有村东头的王老头
开始捡豆

豆在豆中欢呼雀跃
我从装豆的泥囤前走过

一万只包藏春心的豆子已把内心的绿旗树起

在我家后院。一树梨花积聚力量
黝黑如铁的老梨树下，古井口的磨盘半张着

谁走在路上谁就先目睹到跑过来的幸福
在小半口的春雨里像新婚的犛床轻轻飘飘
谁的耳根发红
谁埋头端详一条绿绳拴在右手拇指上

酱蓝的天色下，大地的布局仿佛棋阵
左边胡麻右面燕麦。大豆发芽
我家后院的梨花开了。天下大亮

（原载《诗刊》2006年2月上）

风 马

我站在峰崖，一块天地属我命名的国土
带着新鲜的泥腥
胯下流动的金风如烈马风掣而过

带我以神游。并吹我以幻思
我叉开的十指间，是万缕仙子的绸缎

一把风韵之中必有一段传世的妩媚
把人内心的湖水搅开
我的风马是滴酒成诗的大手笔
神骏似闪电一般

闪电就在一念之间。那片天地空阔
我以歌当哭
北城以外的寥廓刹那间倾塌了

（原载《六盘山》2007年2期）

固原：一个人的命名

从深重的光阴背后转过脸
在丛生的棘荆里，故乡怀抱金色日轮
他浓黑的眼睑依然透亮
似一匹拮据的马，孤立在瑟瑟春风中
我的小黄花是戴在他华发丛生的鬓间的一次闪电

深夜间有如坎坎伐檀的沉闷脚步带着轻浊的哮喘
我站在明朗的月色下，该向谁致以叩问
对视明月，我看到他的眼神沉敛着
东方的诗情与画意

犹如唐代的绅士突然打开
一把写满边塞诗的半轮缎扇
他过世的优雅挂在月梢

当我轻轻念出
文字下面的流水激起一眼雾气
众生的天空下，萝卜与白菜殷实
土豆与苦荞殷实
他凝望远方。那截颓废的古长城上
一只老鸹想叫出什么却沙哑了

我尚不能明理，我尚不能说出
带着一个人的月明，饱蘸骨血中的激烈
命名这片叫固原的地方
云朵以下，宁夏之南，当我说出
世界的沙盘上，那粒血脉相连的黄土开始松动

（原载《绿风》诗刊2007年5期）

蓝鲸之吻

飘向西藏的风马旗带着鹰隼的鸣动
似五色土地上逃亡者的悲鸣，给山河以破碎的吟唱

我之悲愤略欠于旌旗。略欠于一把锋芒毕露的笔
我之悲愤被深深埋藏在一朵花蕊中

谁的泪如此沉重地晕染了一片粗布袖口
把幸福向上延伸的青草头悄悄剪去的剪刀又是谁的

干旱的黄土坡上，看不到微笑的青苗发出芽
天宇像一个硕大的蓝鲸把它宽阔的吻对准我盖来

（原载《朔方》2007年5、6期）

河未解冻，我们苏醒

想匍匐，心口对着这八百里海浪般汹涌的西海大地
沉睡于一片明净的月光地
一条蚯蚓从身下拱过。一把凉风摸过我的脸
很想像土坷垃一样，簇拥一朵红到心里的山丹花
一半的光阴在花下微醉。怀揣蜜一样香甜的心事
静静看花一世的荣枯。很想是一只土坷垃
回到古代的作坊，被烧成一把粗糙的陶罐
月亮那头，一把柔软的弯刀直直割下
在时间的刀刃上，很想是一只慢慢爬过锋芒的蚂蚁
我也不知道刀锋，刀锋也不知道疼痛
就这样慢慢地不经意地爬过，爬过
很想是一滴追赶河流的水，或一群带着泪滴的雨
被埋藏在瓦当的阴面

在一个明媚的早晨，突然看见远方那条喧响的河
终于露出了脸
虽然河尚未解冻，而我们却已早早苏醒

（原载《星星》诗刊2008年6期）

天地间

天地间是否尚有那么一条小溪
她东连幼时的回忆，西连青春的骚动

天地间是否尚有那么一朵雪莲
她身处清流是落红，她放还天山是祥云

天地间，谁还在尽力吹奏一首招魂曲
谁还在用一把马鬃制成的银刷清洗你满眼浮尘

谁的眼神如此忧郁地绽放着柔静的光芒
谁又说出：你的一生深刻在你的脸上，请转过来

（原载《飞天》2008年11期）

站在千米高原清点河山

站在千米高原，草书的故乡
行云流水般伫立在身后
一座绿锈斑驳的青铜古钟钉满日子的形状

七颗星星和一把月亮
一瓢泼进苦荞地里的月色
在北天的午夜定格

河山默语。片状的瓦屋下
独跪的祈祷者突然哭出
他右侧的土墙洞里，清灯把清灯映亮

手持青绿色器皿，高原以西的村落
传道者以千年清苦换得半盏明灯一壶清水
他也不弃悲。他也不窃喜

红妆的回族新娘在出嫁
一窖清水被当作嫁妆。六盘古道上
我的扎红绳的小青驴嘶哑着嗓子

一千米的高原上流淌着一条河
河里埋藏着一支笔
笔走山河，神韵之下，必有圣歌

（原载《黄河文学》2009年1、2期）

宁 夏

腾格里以东，失传的宁夏坐唱弦声四起
沙地深处的那家小酒店尚有踪影

富庶的河套平川，静静聚敛北方的月明
一搭搭稻香穿透古战场的阴冷温暖一季众生
我常常念错字的小女儿已长到一只羊的高度

我生在宁夏。错记着一个兽头状的徽征
我持灯炬一脸苍茫，传神出幻与灭的史记
并轻扣古刹之钟三下，以祈愿打开或紧闭一扇门扉
却有一朵过世的雪莲，在贺兰山岩开出石头内心的花朵

（原载《黄河文学》2009年1、2期）

西风烈

从起伏的草海间望去。马一身通红
像穿戴整洁的新娘站在湖边
大片苦艾与冰草尖上流着热汗
马纹丝不动，如一块结冰的红布
从它丰赡的后臀和下垂的长尾里
我看不到一丝迹象
它轻轻把头转向身后，犹如悲壮的分别
我知道更猛烈的风将把西路上所有的墓碑掀翻
更猛烈的风将催生湖对岸一圈受孕的母羊
我却不知今天下午马的失踪。我空旷的眼界内
只有一团红色的焰影，在空气里飞旋，飞旋——

（原载《黄河文学》2009年1、2期）

一个人一片荒原

高高山塬，我的手指向你伸出
太阳之下，此条水沟以北
那群山羊以南的地界
在这静得让石头不敢出气的西北内陆
八百里土地归你命名——
没有人突然转过身来

八百里的西北一隅，没有名字——
它只是西北小县版图上
指甲盖大的一片荒原
没有人留意这不长庄稼的黄土峁梁

一个矜持的小说家——
没有人与你争执——
像陈旧的日子——
它在沉默的时间里老迈。老迈
只是别人口头上称颂的
——一片故乡，却永远被流放

不走驭水的青驴，不行出嫁的村姑
风远远地瞅着它——这片土地清苦
当它今天突然挂上你虚荣的名字
像一片春天的叶子
捂在了它的伤口——
我只是想说——
什么也别说了——
在你的梦里，三千年的月光
已经开始融化成河。三界沉默

（原载《民族文学》2010年1期）

不是狗，是梨

千朵梨花散开，一朵梨花从众梨花中走出
在众目睽睽之下哭诉
——我再也不当梨花了

一朵雪记着它的话。我从老家的梨树下走过
夜深了，树上还亮着——
这个会开得真长

梨花就突然落在了那条年迈的老狗脸上
狗面梨花。狗以为自己得喜了

快四月了。一树的梨花就那么开着不去结梨
白灿灿地吓人

狗也不停地朝树的方向叫着

（原载《民族文学》2010年1期）

那么

那么，是第三十二颗星辰之后的辉煌
还是那片永不褪色的苜蓿
给我以不倒的意志。还是丝缕念想
还是一双手张开的十指光芒
还是一根火棍映出你红色微笑
那么，是墙上的糖纸的那丝甘甜
还是月亮背后的那池清凉
一树的杏黄得像马，飞腾和咆哮
给我泛着蔚蓝的目光掠上绝望
那么，秋后是一个母亲
还是一个失忆的荡妇
萧瑟的黄风割过田垄

你打开的微笑，像青苹果
酸但湿润并果肉丰满。不像欺骗
只见那垄田地一头，一位妇人在喊
——快种快种，寒露寒露，快种快种

（原载《民族文学》2010年1期）

草色微蓝

阳光斜射在田野。一群幼雀惊飞
我看见阳光的针脚细密，齐齐缝过寸草
没有花的铃铛。也没有牛马蹄印踩踏出楷体的故乡
那排低矮的茅庐里一对姐妹在母亲的怀抱酣睡
大地表情木讷。远处草色泛着微蓝的光泽
近处的小溪里已有拨掌的野鸭
而杏树的枯枝头上已经结出泛红的芽苞
而远方，游子的目光如结满红豆的蔓草
红红地挂在零落的心头。而我
在清凉的春风里再次吮吸到故乡烟熏火燎之味
此时此刻只有坐在云端的众神
明白了一群鸟儿为何突然改变了飞翔的方向

（原载《六盘山》2010年3期）

虎豹回到故乡

虎豹幽怨的目光无数次打量叫故乡的地方
金黄的纹理间时常摩擦出故乡温情的火花
在静态的思绪中，虎豹从蒙眬的泪花中向故乡投去
深情的一瞥。像是游子的信笺。虎豹从未透露
月光背后那点燃幸福之灯的角落
有流水如同乳汁漫过青青瓦楞
虎豹的心藏着故乡变幻的风云
藏着千千唱不透的歌谣
对于类似召唤的音调虎豹往往回避着
它习惯独守空空。并独自肢解无援时的悲痛
像等待飞翔的羽毛。远方——无尽之远方
向虎豹铺开广大的疆场。虎豹从未停止过
对于尊贵的追赶与坚守。它以三寸金舌舔食
雪山消融之清水。并独抱圆满之日的银月

以献予。以祭奠。以笃守
并以沧桑美目关注世界。并无只言片语
它坚信此明月即彼明月
拥月入怀即回故里。举月为镜
它看见母亲和兄长相依站在开放的野菊旁
刀光与剑阵中，虎豹默默树起金黄的尾旌
如故乡的旌旗。虎豹的尾旌是人神共知的
绣满锦缎般的草色
以低沉，隐遁、力量、给予
在斑斓纷杂的时光中虎豹神色俱亡
它的骨殖被埋在他乡的花园，装扮着别人的幻景
此时秋后的故乡疯长的狗尾巴草一茬盖过一茬
它该是虎豹坚硬的尾旌，美丽地低下谦逊的头颅
循着故乡的烟熏火燎拮据地回到故乡

（原载《朔方》2010年5、6期）

一片雪打开春天的大门

我看见通往春天的路上，蜗居者递次醒来
并轻轻唤来女儿，座骑和秘笺
我知道是最后一片雪花把春天打开的
用的是最柔软的钥匙。冰从雪泥中回到水
桃花从灶膛回到枝头。春天从风中回到春天
沿河的鱼儿打着冰冷的水漂
泾河银子般的镜面重新被擦亮
一对野鸭子掌蹼如红透的枫叶
沙湖荡深处芦苇拨开芦苇面对沙湖梳妆
那运送寒风的冰凌如黄河之上透明的羊皮筏
天穹之上，有美目与壮锦。有温热的金鎏
有丝织的云朵，驾着青马快步赶来

那青蛙张开的嘴还未来得及叫出
被夹裹春雷的呼啸呛得满脸发紫
我的意欲在春天的一笑一颦中轻微渺小
我的意欲是在闪电中看到草色层层微蓝
浅绿并渗出露珠。我的意欲是看到一万颗晨露
映出新春的图景。而此时步履整齐的春天
以万马齐喑之势踏过。我还未来得及回过神
千丈贺兰山阙已升腾起绿色的火焰

（原载《朔方》2010年5、6期）

大美

河流有一个名字叫蜿蜒。江山有一个名字叫春意
你镶嵌于大地如斗的棋盘——分别犹如相聚
轻淡的草色里，西风似意气昂扬的马群
那守魂的经幡决然绽放。异乡成为我抒写爱意的故里

且听隐蔽的马头琴声。且萦然回味
当我举起锋芒毕露的双手，犹如十指灿烂的光芒
捧着你的清净之净。——是海的虔敬与爱意

一生只一次——长亭短歌接长亭。捧月充饥或饮马为露
拈花作笑或执笔为剑。清灯做伴且执酒为旗

如太平世界里的一豆星辉——我微浊。我犀利
我落魄呵却心比空阔高远——悲伤逆流成河

明天有一个名字叫希望。当我跪卧草毡
——企愿抒写真意的双掌早已磨砺出结茧的玫瑰
而你——在黄河打马的河套，布设下大美
盛开的马兰聚敛如幽闭的处子。回乡氤氲祥和的生气
我成为我的安心福地

（原载《黄河文学》2011年1期）

流 云

云在走。带着沉郁的忧伤。像被刺伤内里的棉花
打碎一块瓦兰的天空。大地上有云灰暗的影子
像一匹跛足的野马。有细密的尘埃涌动
云端详着大地上自己的形象
那褴褛身影，也有壮士的胆气
也有不屈的刀光——也有一串闪动的涟漪
也有——硬风吹不透的羽毛
一片污浊的云是脱离开明净的天空的坏孩子
云站在那片绿绿的菜畦上空。云的影子湿漉漉
像一片洇染开的宣纸，罩在萝卜白菜的脸上
蹲在田畦间拭弄菜秧的老母亲惊厥地抬起头
银发像受惊的白马鬃。母亲

母亲，当你的目光穿透千米阴霾
——我回到故乡

（原载《民族文学》2012年4期）

面向长河，背靠贺兰

秋天打马的鞭儿在空中飞悬
黄河岸边睡卧千年的王陵落满小雀
它佛意浓重——在望眼欲穿的苍穹
它愿接受任何败北的追求者
那只伤残的老鹰一意孤行飞向南岸

黄沙漫过的贺兰山阙
舞动的岩画上，一个壮硕的男子
手执长矛投向未来
面向长河，背靠贺兰。沙海深处
有人间烟火缭绕的小光阴
农家小舍藏于丘陵之后

母婴睡眼惺忪之时，日轮接近晌午
那投枪的男子骑两轮摩的送来午餐
——他是黄河沿岸长大的男儿
识字不多却不游手好闲——
他有群羊和田亩。日轮晒红他的双颊
而黄河是悠闲的几字，舒缓绕过他的家门

（原载《回族文学》2013年1期）

大地之心

左边的树在向右边的树摇头呢
河沿上站满相亲的鸳鸯
一头小青驴头扎红绳趟过泾水了
牵驴的小青年跨过今天就成男子汉

我在你纸糊的洞房张灯结彩
金色泥屋生出些许喜庆

我把还愿的经卷打开
追求天定的承诺与誓言

明月为灯。灯前玉树绽放银辉
我以明月为马，看苍茫穹宇遍布的星斗
开满祖国西陲

走了的是昨夜欢欣
唯月色浓重的大地悄悄伸展开来
似谦卑的小母亲向谁敞开胸怀

我数遍双手五指骨节未能算清良辰
而那大红公鸡高亢的啼鸣却能预知时段

我深谙你藏卧千军的内心如莲的心事
清风明月里，当有人突然问起。我就说
你在这里。在那里。在大地之心

（原载《回族文学》2013年1期）

虎 豹

我依然思念故里深藏林间的虎豹
可是，风的音讯全无。一个回乡务工青年
发来短讯告知故乡秋色正浓
那串联起雾岚的米缸高峰层林尽染
虽然已很少看到金钱豹金黄的身影
但兄长依然坚信，黑暗中它投来的眈眈虎目
没有虎豹的故乡，是柔软的故乡
延伸的六盘高峰孤傲地甩出一条悲壮的虹
它是要明日的早霞给它一个清亮的答复
而今天不过是日子平静的延绵
我犹如看见它忧郁的身影闪着火色的锋芒

从林间擦过，但我宁愿相信它低沉的长吟
似流浪的绝唱

（原载《回族文学》2013年1期）

独 白

开阔的天穹扑下一只斑斓豹子
它张开金黄翅膀匍匐于西部泥土

万丈水域伸向高原以西
铜质古瓶悬浮。以壶为渡世间浮华如烟云

你开启美目环顾身边生灵
那暧昧的心意尚存，眷顾的留恋尚存

王侯破败的锦绣城邦化为虚土
我只关注黎民的后园丰盈的紫葡萄

一纸经文真能渡你走向彼岸么
那白鸽列阵的河岸我祈愿见到母亲的容颜

我在血脉的链条上行行复行行
蝴蝶也好青虫也罢我只想与干净的风雨同行

（原载《朔方》2013年2期）

离　井

像一条走出河流的河流
像一朵纷飞的柳絮
像泼出瓦缸的清水
像阳光漂白的窗花
像遗弃的一只花布鞋
像今晨被悄悄覆盖的月色
像字迹遮蔽过的生宣纸
像风筝遗失后留下的线轴
像冰雪消融后的那片空寂
像黑色马群呼啸而过大地的战栗
像握手过后余温消退的凄凉
像天天面对你。却见不到你

（原载《朔方》2013年2期）

馈赠与献予

给我树叶，我要把它缀成项圈
献予最雄壮的牦牛
我要把惊雷从牦牛阵中唤出
西北的梦幻曲中
挟裹风雷的云里
大地将重新打开乳浆丰盈的河口
给我清风，我要吹散村庄上空的阴霾
我要把早晨的清新
献予种豆的小母亲
化解她内心的忧伤
我要把那个青涩的杏子吹落
有一少年心怀灼热脸色绯红

我要让青杏的苦涩使他迷茫
给我一把生锈的铁锹
我要为外露的白骨覆上泥土
当锹头锃亮，光阴迷离的脸重现
你的得与失像褪尽的铁锈
此时沉静。遥望远方
有鸽子飞过。蓝天的眼神迷离
——似默许，似馈赠

（原载《黄河文学》2013年4期）

壶口：泥莲盛开

黄河在壶口盛开
黄河内心的灿烂终于告白天下
一朵泥莲簇拥一朵泥莲
那莲舒卷起漫天风云
莲泥塑造的纤手升降于壶口怀抱
莲是黄河一把揽起的新娘
它要把这传统之爱演绎成朴素的水歌
他要向世人普及真实的依恋
一朵泥莲乍起。我在呼啸的龙吟中看见
丰满的母亲和她原始的舞动
嗅见略带腥苦的泥尘下
黄河的芬芳。我在泥色的闪电中

看见黄河复生的模样
如风。如虎。又如众生苦相
众生跟在泥莲的身后
——多像一曲悲壮的生活史
多像——早晨的梦境
短暂而又荡气回肠

（原载《黄河文学》2013年4期）

河　套

一张碧蓝的油画徐徐展开
半阕歌谣开唱
走来三个面如桃花的牧童
他们扳动右手食指
蓝天下水洗的河套直抵贺兰山脉

十万顷水稻的成色近于银子
还没有一把锃亮的镰
如同弦月落地生根
而正午的鸽子已从巢穴起飞

可是那贯于长飞的鹞子仍不见影子
可是那贯于奔跑的马儿仍不见踪迹
只留下风中的念颂，一阵高过一阵

（原载《黄河文学》2013年4期）

清水沉降，花朵上升

唯有那丛冰封的沙枣，没有被带走
我是说，在临近春色的隘口
雷声响起之前
雪水洗不去一株沙枣去岁的念想

它蓬乱的发迹如同染过的火焰
给走出洞穴的幼鼠以志气，以方向
在草色发蓝的土地上
清水沉沉走向低处

而红叶小檗，紫叶矮樱
而丁香，马兰花

正走在换洗嫁妆的小道上
而爬山柏和新疆杨，却是不用提醒的

眺望塞北，黄河的浆液已将河套铺设成
金绿色的疆域

（原载《黄河文学》2013年4期）

拂袖而去

天地如此静穆。谁的惊叹
如圆满的羊皮筏
大河的拐弯突兀。惊起的水鸟
寻不到停歇的船桅杆
黄河水灿如金汤
拴马的木桩空落
旧时代的马车被重新装潢
而妄为的小青年敢于将
污秽的语言刻画其上
却有一蹩脚的错别字
似时代的病灶
而沙海里的电梯

而颠簸的山地车
而文明的诟病
是一场滑稽的时装秀
游人散尽。唯夕阳的金美色泽
真实地涂满河山
似悲怆之绝唱

（原载《朔方》2013年8期）

低音区

清静，我赞美这清静的好时光
蜜蜂的鼻子很长
蜜蜂落在我女儿的身上
清晨的露珠闪动
我愿意用一个早晨的时光
换取青草，换取花丛中积攒的
碎银子。月色沉淀的早晨
一个飞跑的小姑娘
她张开的双臂多像太阳的枝桠
透明并亮堂
她是听见了大地的低音区
传来的乐曲。或者

受到了万物的默许与鼓励
她要打破沉静的湖水
她真的要打破沉静的湖水了
天下大亮，我清静的时光中
伸来一只洁白的小拳头
像春天的鼓槌，轻轻擂响

雨骑青色骏马呼啸而来

雨打的池塘正在开花
雨把大地浸淫在无尽的雷声中
我看到在大雨中万物垂头一脸敬畏
那头老牛被拴在树下。虽惊恐却镇定
雨骑青色骏马从西北呼啸而来
隐约的杀喊声中看不清执旗的头领
白袍加身。但见尘土飞扬的前方
马蹄声轰鸣。一万辆各色彩辇上
谷物丰盈，浆果荡漾
迅疾的雨温情，开阔
是燃烧的雷声
是千年不遇的情人

是点石成金的预言
是受孕的花朵最后的洗礼者
雨落在西海固大地
走失的孩童拣拾到神赐的糖果
待嫁的少女找回铜镜
苦窖得以补给清水。你清盈的眼睛睁开
仿佛幸福时刻又重新开启

河流没有回到故乡

有朝一日，这条河床终将干涸——
那遍野的卵石会像沉睡的鱼
它们洁白的腹部光润丰满——
沉睡千年——它们的梦是碧绿的草海
大地是破败的木船。谁在僵死的船舷追逐
往复的日轮。在远方，跑累的那条河
明月亮白。唯苍茫穹宇似不变的棋盘
我在河床边行行重行行，似河的子孙
有朝一日，这条河床终将干涸
不归路上，谁是河得以泅渡的北辰
它看见遍野的石头走过的那条小道
铺满清脆的月辉。一个垂垂老者

独坐古柳旁，似铜铸的雕塑
他的前方——那颓废的空阔大地上
河流并没有如期回到他的身旁

奔跑的大树

我看见那棵北风中奔跑的大树
凌乱的长发下满脸的惊恐
它的头顶阴云密布。似有闪电暗藏不动
没有跟随者。像一面孤独的旗帜
摇动清冽决绝的绿
奔跑。奔跑。星夜兼程
是小憩中的杀伐声还是倒戈的同僚
让它大汗淋漓呼吸急促
它轻撩水面映出一天星辉
似故乡明灯。间歇性甜蜜让它忘记
徒劳与疼痛。月轮圆满了它的青春期
它有根却没有了故土。被迫成为

流浪的虎豹。对月梳妆
它是一棵健硕的树
枝叶丰满。浆果丰盈
张开似大地之花——它面容生动俊秀
此时此刻，它张开双臂拥抱自己的身影
多像一位仁慈的女神，被时光感动
而远处阴冷的北风继续加剧

喊叫水

我没看见那衔泥的鸟儿来过
我亦没看见过往的大雁
留下清脆鸣叫

没有喝。没有清澈。没有倒映
没有洗澡这些词汇。没有冰凉与流动

我紧握河道滚烫的卵石
如同握住石头心里的液体——
石头开花。大地泛青

白色的石头在泥浪中绽放
烫伤小青驴的脚掌

没有谁喊叫——
——我从你干净的眸里看到
翻滚的海洋，凝固成冰状的天池

不恓惶。不凄悲

沉静的风华

烟火退隐。我手执燃灭的木柴
看到缭绕的雾气里，渐行渐远的时光
带走了残存的温暖。一阵小风乍起
谁的惊呼如此强烈。即使有惊飞的小鸟
也没有人去在乎。它的仓皇逃离多么忧郁
大片大片黄叶，像上苍的信笺
轻轻飞落。我抬望眼，天宇一片沉静
我要对谁说出什么。我感到无数的洪流
冲过我的眼前。要将我的双眼淹没
唯那远处若隐若现的小村落
真实地呈现着。似隐忍的宽容

青绿的芳泽

是的，我从那枝开放的腊梅里看到了
从雾霾浓重的晨曦里看到了
从隐约的背影里。多么熟悉
摇动的身躯。丰腴的青春和
青绿的芳泽——仿佛在昭示
仿佛在印证。仿佛
一块镶嵌于时空里的温玉
是的，天地如此明朗
万马的呼啸从千里河床传来
我还没有留意——你的笑容多么温馨
哪怕是一缕委婉的晨光
也足以令寒冬的行进者感到自信

西北札记：金黄骏马

一

骏马一脸平静。站在西北大地上
我伸手抚摸过。它金黄的毛皮滚烫
像液体太阳。周边油菜花开亮
悄悄淹过骏马的脸庞
骏马低俯身躯。似流动的金色血脉

二

它有时沉郁。目光如炬穿透雾色迷蒙的清早
山河退隐。大地如铺开的羊皮书

平原一端绿波激荡。南部山区如烘烤的熔炉
它的忧郁逆流而上，坚硬逼真
它抬动前蹄轻叩大地。如同召唤春色的鼓声
——时间开出细碎的浪花，从它的蹄下飘过

三

在黄河岸边长大。它搁揽黄河的精气神
黄河在它的背影里消失。成退隐之月
它拉开四蹄。大地风生云动水起
——大地开放。无垠的西疆伸展
它金黄的鬃毛飞扬。像席卷星空的旗旌
在众人打开的都哇里，有它溅起的金浪
晶莹明亮

四

我是你黑夜张开的门栅
我是你槽头冷却的清水
我是马夫手中昏暗的油灯
我是你缰绳尽头打结的环扣
我是你蹄间溅飞的花朵
我是你头顶启明的星辉
——你站在时间背后
像时光女神。抚慰着暗处的伤痛

五

而骏马却是激烈的火种
黄河是它拉满的弓
它是黄河岸口羽毛丰满的凤凰
有雄鸡唱响。有涌动的激情
骏马站在流金的风中
黄河把翅膀写在它的脸庞
美丽了一川宁夏

六

彼时，黄河从沉睡千年的童谣中苏醒
在平阔的宁夏川，黄河舒展年轻的身体
那温馨的稻米香唤醒它母性的爱意
它把一头伸向兰山背后的金轮
把另一头伸向未来——
谁的幸福被流淌美意的金汁轻意连接

七

像一次美丽的邂逅。或者如同心意相通的
追随。骏马在黄河的脸上看到自己
有清波荡漾的涟漪。有绿水翻涌的火焰

——骏马被激进的洪浪淹没
它即是水。水也即是它——
一把奔腾的烈火把黄河旺旺地点燃了

八

于是，你看到黄河的金色鬃毛如同
贝多芬杂乱的发丛——
在西北大地，它是要拍响出旷达的绝唱——
或者要倾诉出委婉的心曲
——它的音符里充满阿拉伯语动听的颂辞与祈祷
晨光里，回乡少女睁开惺忪的双眼
大地回到春天，青鸟站满枝头

九

唯有那摇动时光的水车不急不忙
从浅水域一次又一次舀起昨日的夕阳
河沿丰满的羊皮筏在黄河水中看到
自己的青春如同九朵被绑架的白云轻轻飘过

十

而骏马终于站在了伸展开的地平线
万籁俱寂。唯它金黄健硕的身躯

能与如此丰饶的大地相媲美——
它燃烧的血液沸腾不息
黄河的潮声低绵亢长。如是我闻

果然——“太阳说，来，朝前走”

第二辑

圣咏之书

就让我做一次不圆盈的月亮

造化那边，谁替我说出不圆盈的诗篇

青铜器里，长叩之外，红灯将眠

胭脂河

赶羊老人习惯把羊的雪团堆放在胭脂河岸边
羊群中最壮的黑头羯羊带头把脸伸进胭脂河
平静的胭脂河，细如一条泛绿的青蛇
河水不清，混浊的流动里没有清脆的浪花
河水却有一股粉脂的迷香
胭脂——别了天界而下临尘世的女子
她的双手对掬，把流星之下长满花蕊的海棠捣成红泥
她把红泥洗出清水，使这微浊的河香气四溢
早晨，一个信笃伊斯兰教的小青年挑着水桶
这水被带到清真寺，她的柔软清滑氤氲在整个礼拜殿

（原载《诗刊》2005年10期下）

对月梳妆

银月朗照。从青泥瓦罐流淌出的水珠
像奔跑的火焰，从少女法图麦身上滚落
对月梳妆。她在满月的巨大银镜里寻找
另一面新月。月亮在月亮中圆满
一片月亮在另一片月亮里人面桃花
对月梳妆，她大有深意的浅笑
把冬夜背后不敢开放的花朵点燃一片

（原载《朔方》2005年11期）

七日书

第一章　炼月

我从自由复出的青马槽头，看见心灵的牧场
开满梅朵
光阴背后的沙漠，水倒映出清洁的皇宫
饮马的石槽，满槽清水底部显现出他的脸

七里河的鱼轻易抚摸到这像水的石头
满河的鸭子红掌像绽放水面的莲
拨动的清流回响轻柔的音律
我长翅膀的石头，在浮华的尘世，难得清静

睡在鱼群中，他是类似石头的鱼
芦苇荡里鱼群沉睡。他从石头中转过脸来
召唤日临近。在新月的樱桃小口旁小憩
藏匿得深不可测。柔软的清水锻打自己
柔软的清水啊，召唤日临近
它就要出炉，在新月清辉流动的银胚中
把自己炼成一把上弦的刀锋

穿草履的人在自己的战场泅渡
他在梦中看见悬升的刀子锋刃鲜亮
可是他仍然穿着草履。他的召唤并没有降临
以梦为马，金盏的红焰烤白了他的眉发
低矮的黄泥小屋被他跪穿。向西的方位
江河的涛声打湿前面的路
尘世掩埋了他的肉体，灵魂却像覆土的金子
放出本质的光辉

仰俯于天地。七里河的清流，你缩短我患难的大限
日月的铿锵之音此起彼伏
打马而来的燕子，你用双翅割开这水质的晶体
你让红狐的舌尖伸进我心口的墨瓶
使我的胸膛成为起跑前的鸣鼓
藏于清流，我是千年的青铜汁
无影无形，在决绝的角落树起水背后的水
期待一把金质铜勺，在波涛中

一把将我舀起

默立红尘。锻打的秋风收割沿岸的生灵
牛马的尸骨与日俱增，江海翻转桑田变幻
火焰驹低下头颅
它看见石槽里英雄的骨血渐渐复苏
浮片裂碎。它的眼睛里闪着金子的泪水

从老鸹沉睡的苦柳枝头，新月的刀锋显现夜空
清澈的天宇，它流淌着和悦的光辉
它的皎洁释放着暖人的气息
它的弧度凸现着新生的光滑
它的寒彻里流动着锋利的光华
水声汩汩，清泉辉映。这把水做的刀
映入火焰驹前的石槽中央
沉睡千年的水面轻轻握住。水和水相撞击的清脆
如玉石回到玉石之中。天地之间所有声息消失
只有悦耳的回旋挟裹青铜与白银的声响
这世界的大美在瞬间的相撞中如昙花显露

在一万朵雪花簇拥之下，醉卧的英雄轻轻浮出
似褴褛的凤凰。在水做的车辇上
漂着的是骨血化成的莲藕。捧在手心的
是藏于他内心的冰，是悬落在世间的月华
是万年积攒的刀

第二章　水灭

水面下陷。天空以西，卧云如涌起的马群
从海的阳面沸腾而来。西去的红轮被自身的弱光遮隐
大战场平静地铺开
如羔羊初降的新生之地
朗月高照。他听见遥远的召唤，从头顶传来
大时代的光芒从神性的西天泼洒而下

云雾扩张。劲风一起，隐伏的鬼蜮
和颜悦色穿行在子民之间
被排挤在黄铜之外的金子
拉动向西的马缰，御风而行
他踩着开败的红罂粟
跨过神立的界碑

哭喊，呻吟，狞笑。在黑色世界中
一半平静，暗弱的灯影拓展出膜拜者佝偻的身子
另一半鼎沸，身着华彩的礼仪服
他们的口唇散着恶臭
用虚假理章宣称光明
他们扭曲的脸庞在灯彩中不敢扬起
固守着自缚的铁茧，在僵硬的石头之中
借着万里之外传来的神光标榜自己
操持着污浊的口水，他们占领着虚假的阵地

背投的身影只留下朽烂的骨头
春风一吹，了无踪影。只是，在精神的圣域
这污浊的力量散发着迷障
遮拦着众多善良的眼睛
像遍地蔓延的恶草，一株株结出了美丽的毒瘤
涂满红舌的白纸乱飞。这灰色的时空
酒色图腾的世界叫嚣着

黑色加浓。畅饮过七里河玉液的火焰驹
一声长啸震破血喉。闪电击打过的长鬃
拂起西天的长风。请你体内紫苜蓿隐伏的力量
坚挺。因为这一个子夜长过百年

他朴素如山丹花的生命就在这里绽开
被绽放成二十七瓣风华柔静的梅朵
在黑色的池沼中飞舞
火海中的煎熬使他绯红的花朵战栗不停
他被来自四面八方的火挟裹，林立的火蟒
撩动的火舌喷涌着势不可挡的威风
蚁穴里的虫豸一齐出动
二十七个花瓣翩翩起舞
像被巨浪拍打过的扁舟
像二十七把血色充盈的柳叶刀锋
众生沉默。破碎。破碎。破碎
一万个手同时撕扯

二十七个彩蝶化为灰烬
大地归于沉寂。东方拂晓之光流过
他感受到光亮周边跪满信仰者
诵经声沉沉响起，如哀伤的悲歌
躺在新月之上，他映见自己的面容
他看见山阴背面的村庄
看见净水流过大地的脸庞
洗濯七里河畔生长的青草与苦艾

第三章　绿爝

七匹白马跃过。七朵包裹火焰的云彩脱缰
在并驾齐驱的蓝色海洋，背面的绿波被激活
七只缀成银链的星斗隆隆响起
在星夜凝成明珠

微霜禁锢不住复出的愿望
春风的兰气吹出。方圆万里的大明城被火点燃
一半在月亮一半在太阳的大明城
一半在海洋一半在火窟的大明城
一半是前生一半是后世的大明城
这柔美的光线从东方之东长长射来
我呼吸着悲怆残存的野外之气
我就和你一起看风了水和银月换来的光阴
银月高悬的清真寺顶，湖泊迷失于自身的纯净

歌调声夹杂海涛的低吟
万鸟振翅的呼叫声混合着晶莹的闪光
我把紧闭的双目切入宽泛的地平线
我听到了踏霞而来的脚步
那是混沌之后，轻点潮汐的女子
飘扬的彩裙，覆盖了千亩冰草

藏于内心的在滋长，留存精神的在延伸
河的流动如同静止
这生的界限被袅袅轻烟混淆
冰河开冻。深藏春意的河水浮出
我看见六盘以南
雪花在奔跑。云朵在奔跑
长风之下，耀眼的白刺伤了天空的眼睛
我把粉碎的梅朵缀成雪莲
亭亭玉立于开冻的河中央
我呼吸着满河清流。我看世界把新春的金子
涂在我的脸庞
我把十指伸展成绿水流畅的青草
写满语言的绿树叶，在风中展开
像十面低伏大地手心的旗帜
在世界背后，旗旌整齐地扬起

面容清秀的羊羔默立于河畔
他们看见鲜嫩的青草中蹿出的火焰

在羊的眼睛里跳动。那绿色的火焰
撩拨着它们渴望的心灵，像轻盈的手
河水突然翻转而过。这清洁的池子
把它们美好的容颜映现
迟到的老母羊——
来到河床，并轻轻叫出我的名字

“而我，展示状如兰花的五指
重又叩响虚空的回声
听一次失道者败北的消息。”

败北的伤痕在痊愈。什么时候说出
什么时候的清亮眸子里，都有我流动的精气
在天地之间的牧场奔走——我的眼泪
是种进雪花的金子，是羊唇齿之间的一念之差
是一条血液里的河流，连同这冰清玉洁的河水
被远东的乡亲收留。我把一切忽略
只有火焰驹被留在我的骨血中
只有新月的光华，留在我的面容上

此时，第七日的颂词里，突然传来沉闷的回声
哎，清净之域在后退么？雪域之城何时显现
众人的星辰在陨落么？谁看见了后世的前定
我把一生等同于一群扑向红炉的雪朵么？
你呢，我的弟兄

第四章　大明

光明之月，熠熠之辉从远山的豁口斜斜射来
第七日的晨曦降临
岁月的长城断垣之处，正是长风直驱的金门
越过心灵的门闸，世界在我身后把门打开

平缓的河流在下沉
且听这大明之时的长吟灌满河床
如青铜器皿最后的低鸣
清露之下的花香穿过马群
惹哭了青春的生灵

第七日没有角度。我从第七日的浓阴中
看见世界依旧如故。只是启示的旌旗
变换了位子。一切仅仅只是开始又仿佛结束

沉静的光华之下，朴素的外表以内
谁能体味出心旅的终点闪着荧光
谁能触摸到火焰内部青冰的温润
膜拜者尊贵的双膝已打出血痂
磨砺百年的心灵，早已透亮到能看到后世
而我，只是这黄土腹地一滴土生的弱水
举月为灯，持笔为旗。在千人一面的喧嚣外
把过世的光辉，从千年尘土中唤回

大地之门从一朵树叶中徐徐开启
早晨的樱桃之核炸裂
平静的光芒从天堂传播而来
我感到从未有过的轻松与明丽
我生之献礼全美了我一生的举意
在空旷的蓝气之中，这割裂的疼痛无声无息

此时此刻，我视野以内的苍茫大地啊
氤氲在奇异的雾里，静下丑陋的身子
只把影子映在山水之间
此时此刻，我目所能及的人们
他们佝偻的身影日趋弯曲
像囚禁于清水的泥团

此时此刻，高过头顶的另一个世界里
奔跑着我充满火焰的心
直抵神光四射的花冠。它要开启一个
金笔描绘的精神之域

天已大亮。操劳者的脚步传来
晨起之光照在我的背影上
我睁开眼睛，伏于你的耳畔
我什么也没说，什么也没做

（原载《朔方》2005年11期）

圣咏之书

一面贯以祈雨之旗垂首
月的阳面在滴鲜奶。青铜器皿里
半张脸熟悉的默立是长风过林后空寂的默立

叩首以西是鲜花与废墟

他把双手摊平又摊平
他的双手里是自己的鲜花和别人的废墟
他把鲜花留给别人，把废墟留给自己

我受赐别人的鲜花
受赐鲜花之人是被爱之人

金盏之野，一片海水涨到天堂

该有一段真诚的言辞说出
打开汤瓶中圣咏的言语
绿旗之下的人呵
我已被点化成经文里蹩脚的字符
我被人念出时。我就是你的圣咏之书
黑暗里一块酥油的灯焰
滑出火红的泪滴

灯焰傲放。冥想的宫殿开启
你不睁开眼睛。只是一条倒流到心里的小溪
倒流到人心深处的小溪啊
不热不冷，不急不躁
平静地聚敛着

（原载《诗刊》2005年12期）

不言之辞

他把传奇一生烙印在一片羊皮上
那部经卷的流放地隐遁。西域以北恍惚
旋天鸟的黑翎展开如一把利斧
天外的云层变幻风雨
我追寻的目光从未停歇过
只把远在天际的佛光来回搜寻
祈望能从千年的回想中得到启示
一把风尘之下，歌女传唱出人世的幻变不定
夜的一扇后门轻轻推开
羊皮经卷镶在对面墙角
我对谁都没有念颂过那部刺痛众生的言辞

只流下一行浑浊的黄泪
用袖口拭去经卷之上厚厚的雪尘

（原载《星星》诗刊2007年7期）

七尺绫

七尺白绫如散开的雪莲，打开彼世的门槛
七尺白绫在无风的空间自由自在

七尺白绫聚敛一池清流。七尺，仅有七尺
宁静的一方天地间，它自身的弱光足以照亮空彻

七尺白绫横横切过，这把柔软的刀锋快过时间
七尺白绫，人世最后的襁褓

无需风华与雍容。在彼岸的河沿上
它完美如量身定做，轻柔地挥舞着双手

（原载《飞天》2008年11期）

一朵名叫哺乳动物的花

黑夜里天宇外寒风习习
带着冰凉的暖意。一尺的光明窄得
只容一朵花斜着熟睡
在梦里一朵花被天仙呵护
天仙传授她语言及微笑
她认真学习时天仙表扬她她就笑出声
她粗心时天仙批评她她就抽泣
梦的那头，有时是小鸡看护她有时是小猫
小猫看护她时小猫只顾睡她也睡
小鸡看护她时小鸡啄她她就抽泣
一朵花身穿奶奶缝制的小夹衣
小脚趾一夜之间长出花外，吓坏了沿墙的光线

一朵花只顾顺着金黄的光线走，走，走
一米以外，就是大千世界。一朵花半眯双眼
只顾傻傻地往前走走走，她也没有翅膀
她也没的畏惧，只顾朝前走走走

（原载《绿风》诗刊2009年3期）

相候之灵

纤纤素女降临西家。君在日出。我在日落
我把西河打开，把西月擦亮
把东窗掀翻。把柳叶齐齐转向太阳
我默守清水里的誓言
像噙着月亮的璧玉
温润着不见风日的脸庞
我知道君喜欢坐在清风明月夜
一个人如临风之树
聆听从耳门以外的圣界传来的祷告
我看见君一日九叩首
君的样子活泛而清俊
只等忽一日同时与我困倒在河之湟

君梦见我从那棵古老的梧桐树上
一身霓裳款款走下之时
君梦见流沙之水突然打开一条通天之路时
君梦见成熟的香瓜瓜熟蒂落
我的婚期将从千年的印证中实现
我守着君一生的西方
像守着金贵的处子之怀
像留着种子失败而去的樱桃
像水中那勺闪着泪光的水
凝缩成水中的金子。独自热烈地冰着
混沌的君是沉进精神的君
君不知尚有这样生动的一劫
在君的信仰之中等着君去全美了
在我三寸眉间
君即使跌倒也是行进的英雄
我把最后溃烂的那枚雪花留在路口
君踏动雪花如坐辇车
我的门槛将掘动春土
在我相候的西月下
君将看到一朵桃花溅着青灯
青灯微红。散着体香
君和我在灯影里相互看见对方

（原载《黄河文学》2009年1、2期）

沙 粒

倘大世间，我是自己的沙粒
在自己的胃里消磨复消磨
我是我看得见的沙粒
藏在我的眼睑并哭出自己的疼痛

倘大世间，我是世界的沙粒
在世界的胃里消磨复消磨
我是沙粒看得见的那粒沙粒
藏在世界的眼睑并哭出世界的疼痛

千千万万的沙粒。我只走向你
我是你的沙粒

（原载《黄河文学》2009年1、2期）

一　岁

一岁探出毛茸茸小手，向太阳举起新鲜的枝叶
那颗丰满的露珠像一个姐姐——
突然掉入无花之丛。一岁的脸闪着乳香
一岁的脸被太阳生生摸了一下
一岁就哭。哭得花枝颤抖天昏地暗
我给你一个打碗碗儿
我给你一枚橄榄
我给你一个梅花烙——我给你
冰镇的槟榔。和颜悦色的青草地
那向万里延伸的海，可是你布置的陷阱
等着误入歧途的马儿把我来驭回
一岁站在马头上。一岁又睡在马蹄下
一岁生生拔下马鬃
把它树成青天之下的旗

一岁被风撞倒，一岁翻睡在石头里
一岁就哭。我给你一片黑地母
我给你一勺甜蜂蜜
我给你半打豌豆芽——我给你
燕子衔泥的巢。仰俯不定的一岁
没有牙齿。一岁以嘴为手向前一指
吓得百花撤退。和颜悦色的青草地
你向上直指苍穹的草
可是你口诛笔伐的武器
悄悄割过万物生灵
草地就在风中摇啊摇
像大地的摇篮。一岁熟睡——
我在她身边悄悄躺下
——像隐藏锋芒的青草地
和刻满马群的石头，等着她一觉睡醒

（原载《民族文学》2009年8期）

越冬

越冬。一年的收入兜在底层衬衣口袋
越冬。拣拾的破烂如期兑换成零钞
——灌粪的小油菜如期倒卖
手工作坊的豆腐，金黄的陈醋
半袋小黄米剩下也不碍事
越冬。蛰伏在巷子尽头低矮潮湿的出租屋
火盆里的焦炭燃尽。伸出结满黑痂的双手
死死抓住逃往户外的热流。风也没有丝毫同情
半把缺斤短两的秤瑟缩在门楣后秤星昏暗
越冬。一头的乱发耷拉。像熄火的拖拉机
突然有了不尽倦意。窗上的塑料纸呼啦啦招风
似投降的旗帜。城市的冰冻提前降临

透过水泥地板铁青的面孔，世界一片死寂
越冬。今天越冬。今天不再吆喝讨价
越冬。看着冬一步步跨进
多美的碎步溅起温情的涟漪

（原载《朔方》2010年4期）

草 芥

一把草一把命。草的命长。被大地攥得紧紧
草的命薄，像半页裁碎的纸一会黄一会绿
草的命就站在秋风的芒尖上颤颤悠悠
有一天草的身子不见了。被羊嚼了还是被刀子割走
有一天草看见十六岁的王二蛋也不见了
藏在草丛深处了。有一天草看见马三婶不见了
藏在草丛深处了。草使劲睁大眼睛也没找着
有一天张三李四王麻子一下子就不见了
草就哭。哭得像个泪人。有模有样
一觉醒来，草看见王二蛋马三婶
张三李四王麻子也长上来了
和自己长得一模一样。黑绿黑绿的
嗨，草。草使劲地喊可没有谁听到

（原载《朔方》2010年4期）

祭 奠

我以清水祭奠蓝天。以花朵祭奠白云
我以游荡的春风祭奠夜里燃尽的清油灯
我以笔祭奠败北的旗

只有行将远离的驼队
还在坚持贩运沙漠深处的光芒

我以写满经文的羊肩胛骨，以存满善念的双掌
祭奠这座坟里的老人
他的一生以蓝天为铜镜以白云为花朵
从未走出县城一步。没有坐过火车飞机

没有喝过可乐脑白金
没有用过手机

赞美清静。我以清水之清花朵之蓝
赞美清静

如同一页的翻过。大美被隐没和珍藏
如同藏在雪里的黑。黑得更黑

（原载《朔方》2010年4期）

幸 福

幸福浅似雨打的水印。在水雾迷蒙中
幸福是灯盏下微红的灯花。在火苗明暗中
是女儿笑开的容颜。是吹散的蒲公英又飞回来

幸福是一拃长的青春。是万里路上捎来的风尘
是叶面上书写的甜蜜。是河对岸孵化的麻雀
是六瓣联开的菊，一瓣酷似一瓣又非一瓣
是夜读的书从深处突然走散的情节

幸福映现于雾水中的窗镜又深刻在平滑的青石板
是双燕呢哝后的沉静。是消冰的水窃喜的流动

幸福在紧攥的手心是汗浸化的那个名字
是糖化后舌根部的麻与甜。是一把撒向风中的稗谷
长回葱郁的田头。是小刀开削的第一支铅笔
是门眉剥蚀的木片。是打开又合拢合拢又打开的经卷

月辉似银。千驾马车奔腾不歇
在明天。幸福准时挂在清亮的月梢
如同倒伏的麦田，麦芒直直刺过你的那片天空

（原载《黄河文学》2011年1期）

二 月

远处成片的芦苇荡站立在清凌的冰面
在风催动下使劲摇动鹅毛般的笔杆
把真意抒写在大地封面
正午的空气中弥漫着时间腥臭的霉烂味
河道旁边的火葬场，烟囱向外扩散着浓黑的烟柱
一群喜鹊鼓足勇气，试图穿越浓烟
——正如潜伏在火葬场里的老鼠的忠告一样
喜鹊们从此丧失食欲，丧失对蝴蝶
对花朵，对青虫的判断力
——时间在它们的瞳仁里变成灰黑一片
而旋转在清真寺屋顶的白鸽子是清醒的
浅卧在光秃秃的草原上的滩羊们是清醒的

它们多像静伏的雪团，收敛着内心的波浪
——自己淹没了自己。只是谁都没有说出
即将到来的二月变幻莫测的面容

（原载《朔方》2011年5、6期）

高蹈的银汤瓶

这只汤瓶满腹经纶——年轻时
它锐利的唇无数次划过月光之光
——甚至它有孕在身时。甚至身怀六甲
它翩翩小腹光滑圆润——等待玄机打开
雪化为水飞进它的内里——从此改了乾坤
它面不改色。桃花之瓣徜徉心池——
这把汤瓶昂着头——
清香时光，也有不尽涟漪。也有
虎虫不侵的尊严和虔敬——
它忠贞于黎明时分的启明星——
星辉惨淡时，总有赞美的乐章响起——
它笃信大地深处的——暗流

笃信——双手掬水留有暗香的信徒
——谁有真意让它倾倒出——如莲的心事
谁的肩头站着俊美的天使——
西方长亮的天灯灼灼闪烁
围水为炉——它的内心却有着燥热的烘烤——
“烘烤啊——永怀的内热如同地火”
唯有那位沉默的执瓶者在忽一日的午后
看见了青石板上那惊人心魄的舞蹈

（原载《朔方》2012年3期）

属狗的雪或玉蝴蝶

一只雪伸开四肢。世界瞬间由黑而白
雪这只哺乳动物是属狗的——
甚至有点可耻——逮住谁就不会放过
后花园。雪这个无核的水果是最甜的——
不喜甜食的狗也喜欢。老鼠也喜欢——
老鼠把雪偷偷带回家时
吓坏了粮食们。因为雪这种稻粱是会飞的
隆冬正酣。雪吹着口哨飞来飞去
打着自然色的口红眼影。挺讨人厌——
尤其下午在无人的街巷。雪说，去不去。到底去不去
很多无业游民中了雪的埋伏
第二天都灰头土脸的，在雪面前抬不起头

雪主办的报纸全是广告——
裙子。内衣。丝袜。白妹牙膏。铺天盖地
有一天雪赶着一群羊。羊群无辜丢失——
仅剩一只黑头羯羊——因为它色盲
雪却对玉蝴蝶感情专一，私下互称曰山泊英台的
把天空对折了无数次。情人节
雪卧在我的脚下。我喂其一粒红枸杞驱寒
雪说，真香。眼睛汪汪地——看着我

（原载《朔方》2012年3期）

沉 香

大地芬芳。树上结满金红的灯笼
灯笼里聚拢着心形的光焰
阿西叶穿戴朴素却心怀春风
一地的麻雀直逼母亲晒晾麦种的竹席
门前小溪静静穿过。有小猫舔食水波
有浮萍飘忽不定。有一壶沉香的清水
聚敛于青铜汤瓶晒在正午阳光下

月光芬芳。肃穆之新月如半阕宋词
清灯余晖里你看打开的经卷有众仙游走
众仙衣袂飞扬似舞动的白蝴蝶
有梵唱。有深悟。乡间泥堡里众生的憨相

酷似遍地开花的山芋。香了天庭
天庭挂起千盏明灯
新月的银辉里你找到天国金门

芬芳。双掌对揳成拙朴的莲
我也没有看见——我也没有参悟出
——左边尘埃。右边水域
哪边是记录善念的天使

芬芳——那延伸向无尽的西方的芬芳
没有花容，只有花香。明朗的星空里
——北辰的折向宛若打捞花香的银勺

（原载《民族文学》2012年4期）

写满经文的牛肩胛骨

这块牛肩胛骨崭新。洁白。静如处子
扇形脸面平静似隆冬时节的泾水
流畅的阿拉伯语字母如一群墨蚪
在平滑的骨面流动。墨迹凝固
多像湖面齐舞的黑天鹅——
有时，那群文字仰起头颅——像一群
黑色儿马——眼睛里堆满千金难买的诚意
煤油灯暗淡。呼啸的夜风中——
有时它显得锋芒毕露，暗含淡淡剑气
——夜风停歇。有时它安静

像半块白雪堆成的月亮，在我的心里
亮来亮去地——晃动

（原载《星星》诗刊2012年5期）

如是我闻

时间如同刀锋。花香堪比鲜朵
廪仓的稗谷在暗处发芽
清水流向浑浊。草叶长出利齿
星辰遥远。空气中充斥莫名的忧郁

唯有敦厚的幼徒尚留守清真寺
破败的祈雨旗褪去原色
高迴的唤礼塔欲坠。塔尖新月似半块钝瓦

旱情加剧。众生如旱海码头枯鱼
苦窖封存。年轻一代遮蔽于城市铁灰屋檐下

蒙尘的心意灰冷
唯苍茫天穹日月朗照故乡山河
山河不变。似金铸的童颜
我有如此延绵的惆怅
如漫游的灯盏。试问——
各路匆忙的离乡人，你可夜夜梦见
故里悄悄低垂的山丹花

（原载《朔方》2012年5、6期）

没有错过时光

月儿拉圆，似蓄势待发之满弓
清朗的天宇云游精神之火
月光之光清洁——我双手对开
祈愿的手心早已落满怜悯和爱意
我对空旷的人世充满无尽痴迷——
在大地隐蔽的角落，有黛紫的水仙
金黄的老虎和漆黑的骏马——
黄河在冬天变幻成银光闪闪的金刀
朔风的口哨凛冽
那位站在唤礼塔上的年轻人
看见了苍穹向他展开的天堂
——幸福并没有错过时光

犹如我苦涩的今晨。而它就要化冰成水了
犹如我的幸福——挂在女儿的脸颊上

（原载《轨道》诗刊2012年下半年卷）

母亲的水窖

母亲看见雪花骑马并驱驾彩云
铺满整个天宇。有扬扬洒洒
有漫不经心——像淘气的女儿
母亲战栗——有寒风在她的眼神里
撒下盐粒。匕首。冰块和腊梅
万丈天庭向四野铺开
母亲和颜悦色。母亲说
——下吧。雪。下吧

像坐轿的新娘。像我的黑姐姐们
像奔出栅栏的白马

雪——落在西海固大地上

家家水窖张开狮子大口
是一群困顿的野兽
蛰伏在家门口——
这水窖像金黄的斑斓猛虎
——母亲唯一喂养的宠物
——出口不伤人的
却恶名在外呢。在空落的空间
有长啸。有龙吟

我爱猛虎成群的村庄
我爱牵着老虎奔小康的妇女
她的眼神激荡阳刚之帅气
她舍前有虎如形影不离的犬子

一车一车雪走进水窖
——像坐辇的凤凰
水窖似它浴火的天堂
水窖通壁金黄
金黄的水窖里埋着焰火

母亲站在沉静的老虎旁
那是一只昂贵的野兽
——母亲看见一池清碧

一漾一漾荡着迷人的涟漪
如一窖黄金白银

母亲富可敌国。妇女们富可敌国
今天大地虎啸龙吟

（原载《诗选刊》2013年1期）

水

提起水，我的内心一片静谧
宛如独对生身父母，不敢吐露只言半语
只有那延绵不绝的爱意和苦楚——
我在她无声的清净里映见自己形容枯槁
她定感到我惨淡的泪痕，轻轻刷过时光

从来没有那一片地域上的众生
能像西海固的人们
对水抱有持续的虔念与敬意
水在我的眼睛里开采出一片金矿——
水把高悬明月的光辉种进我的骨殖
仿佛与生俱来的伤痕

——她在我的源头撒播进透亮的密码

那半把黄铜铸就的汤瓶闪烁其词
清夜里它轻轻开启
我看见水一脸平静
她要去完成一个信仰者的祈求
她要走遍心灵擦拭一块冰上的覆尘
她要沉淀出一目了然的美意
她要把内心的风暴抚平
把一匹高贵的马唤醒

她要洗涤出绝美的图景
她要在身体里安放一面镜子
她要让身体重新绽放成雪莲
出污不染芬芳扑鼻
美丽的水漾来漾去
是那触手可及的仙子
泛着清亮的明眸

像千年乡俗，水形同体内的血液
幼童不在河里撒尿，秽物不往水里倾倒
一日两餐桌头，几个规定时辰
水被召唤而来——
一个清净而高贵的仪式里
水站成心头最近的神话

——打开近在咫尺的天堂之门

在滴水成金的时光
在水贵如银的顿亚
水是赖以生存的液态土地
有水犹如神在
一池水下，生灵昌盛
一滴水上，没有太阳水是太阳
没有月亮水是月亮
没有北辰水是北辰
水是四季常开的鲜花
水是百求百应的后悔药

在黄泥小屋幽暗的角落
水聚敛在硕大的泥缸
倒映出别一个精致清亮的世间
她能映像出你一世的尘缘
把它幻化成舔食月光的火焰
像一个澄清的观音终日打坐
你看她美目低垂
而心含太平之洋的洪涛
——有佛在心呢

没有人嗅见水散发出的馥香
温如碧玉的水淡若山茶之花

借助水——我得以长出锋利的双翅
我得以开启传神美目
我得以跨上大地的白马儿
把掌心的祈愿带到远方

而水在消遁。复消遁
她站在故乡身后
犹如无援的虎豹——
四野暗伏无名的悲伤
水啊——多像一个忧伤的小母亲
如若此世间所有的清洁撤退
——“神已沉默，魔鬼当道
真空中唯有恐怖的感觉压迫的时候”

我能做的只能是树起内心的森林
“深深地爱着你，无以复加，直到后世”

（原载《诗选刊》2013年1期）

刀 锋

一群人为一亡灵站成一片森林祈祷
一只鸽子恰好飞过他们头顶
似待命的天使，打开洁白的翅膀
天穹湛蓝。被谁布置得如此深邃
一群眼睛突然间像无助的风筝
失去光芒。失去尘世的刀锋
突然清澈似水。一群人孤立无助
那个躺在最前面的亡灵却如此安谧
他的样子酷似熟睡的婴童
一群人显得如此孤立。在大地上
他们直直地站立，显得无所适从
显得弱不经风雪

一只老鸹的一声低叫
让他们几近崩溃和潦倒

（原载《朔方》2013年2期）

早晨的明灯

只有那朵悬挂枝头的樱桃
知道一只鸟儿俯冲时的心情
只有流不动的泾水洞彻土地内部的隐痛
只有槽头的老犍牛梦见了
丛生的青草像刀锋一样直直逼过
只有上山当业余导游的妹妹
在晨礼的唤礼辞中提前醒来
只有那东方永恒的启明之星
充当了她早晨的明灯

（原载《黄河文学》2013年4期）

卑微是黑色的蚂蚁

那片青翠的杨叶涵盖我的视线
——我在你的身后。他的身后
在那片树林的阴影中。鹧鸪鸟停留的地方
你听到鸟叫。我离你不近不远
像你的声音。隐藏在明亮的黑暗中
你说话。我就来临
然后你欢笑。你哭泣。你看不见我
但我在你那儿。这你知道的
静悄悄。像一个水漂在你心海划过
或者一颗黯淡的流星。在别人划过的天宇
粲然一笑。没有光辉的日子是好日子
或者。在行色匆匆的市井

我尾随母亲来到菜市场。母亲砍价我观望
别人不知我是她的儿子。但她知道
或者在游乐场。我看女儿滑下索道
谁也不知我是她的监护人。只有她
在惊恐中寻找她信赖的身影
——我轻轻爱着他们。爱着你。沉默寡言
像一只乐此不疲的蚂蚁。虽微弱不堪一击
却黑得生动。真诚。而美丽

水逆流成冰

水一觉醒来，风向逆转
火色的海域在远方明灭不定
脚下花色黯淡，像生病的新娘
摇落秋色的白杨双目紧闭
水清洗自己的双眼，清洗
双脚。清洗白马
然后唱出儿时歌谣
其他水撤退。唯有那村西头的水
站在远处，看着他
有含情的泪花。水跨上白马
却没有赶马的鞭儿
行进中水几度昏厥

他挥动利剑的手鲜血横流
水一觉醒来。四周一片漆黑
月色明媚，洒遍它全身
它回过头，来路已逆流成冰
覆盖过受伤的故乡

初潮

是太阳阴晦的一角。是风把洁白的窗纸
软软掀开。是梦中的小河淌过冬天
是一米五突然跑到一米六
是心头的那朵花儿的一次战栗
是慌乱的眼睛里充满泪水
是母亲的沉默和父亲的沉默
是长壳期的鸡蛋的金黄
是跨出的一脚无意踏上青春

张口难言

我看到洁净的精神一路奔跑
多像我儿时——在泥土里寻找到
鲜红的胡萝卜。透亮如玉
我伸出的手充满期待——
我企愿冰凉的渗意带着甜蜜
在人群涌动的市井
它的出现多么偶然
多像败落的凤凰
我看见她凄婉的笑容依然坚定
我多想奔走疾呼
在稍纵即逝间她消失在茫茫人海中
和遥远的传说多么相似

第二辑 精神之焰

这支笔俨然一把杜绝浸染的骨头
苍茫笔锋间流淌不尽纯真的清流
这骨头又似那英雄的剑盾
它雪亮的光芒独立坚定

对 话

说，一滴水与一滴水之间隔着时光
时光不断
水对水的依恋与相思将长出连接的水走在中间

说，一滴水与一滴水之间隔着大海
潮汐不断
水对水的怨恨将长出连接的海藻走在中间

说，一滴水与一滴水之间隔着我
日子不断
水对水的忠贞将结出连接的泪走在中间

说，我与你之间隔着一片时间
爱不断
我对你的思念将长出一朵小火走在中间

（原载《诗刊》2006年2月上）

一丛火焰在水中狂舞

这丛掉入水域的火焰，像水的发丛
摇动婀娜的身姿，向上的欲望在滋长
这丛鲜如红梅的火焰，把一域清水搅红
水已非水。这丛水中的火仿佛水中的水
引领底部的力量，引领水底的雷霆
沸腾的水域温度上升
它要跃出这熊熊的海域——它一旦跃出
将是水的凤凰，火焰的羽毛已化作波浪

（原载《民族文学》2007年1期）

献与

我看你水袖高挽如云环集
项间一朵黑痣似珠镶雪肌
我看你霓裳羽衣走下庭台
光芒万丈破开阴霾
我看你轻启朱唇并不言说
千里之外只听到流动的气息此起彼伏
我看你挥动玉臂召唤鸽群又似散花
这空气里的馨香传播着
只有一米深的月色渐渐淡红

流动不止的时光
浅水之中的那朵莲已升起多日

水域里沸腾着如火的骚动。你可知晓
那个少年的喉结成熟到要刺破脖颈
这水与火的煎熬如此相似
痛与美的期盼如此相近
你可知晓，静静的响雷
每日都要穿过千山传播到我的耳鼓

那么就请你将一季的青春美丽
献与这暗处的成熟
请你跃身这水域与火窟中央
用对开的双翅同时扑灭
并燃起生的酣畅淋漓
还明月以醉生梦死
还花朵以开放后的合苞
还少年以合媾

在你转身的眉间
我看到你凛冽的生动如不复返的壮士
我且默默垂首

（原载《六盘山》2007年2期）

黑之章

我空握一把玉壶。一把贺兰砚台
我牵一匹黑马。我的手间穿过一道闪电
我叫闪电的黑马站在夜的背后

把层层布幔下的石碑打开
坐在石碑上的银灯不言不语
世界此时如此开阔
南边小城又要上演激情歌舞
守碑之灯突然点亮
它要用金属液体书写出一句
美轮美奂的言辞
去开启一个世界的入口

美丽的黑弥漫着
像抚慰心灵的母亲把安详送到千家万户
歌舞在高潮期突然中断
人流消失于黑色
我叫闪电的黑马站在我的身后
两眼放出如炬的黑光

我是守碑人。与灯一起苦坐
我举起玉壶将一杯清茶献与
将过世的书者的砚台献与
宣纸之上
可有你温润的泪光为我研磨出一池浅墨

（原载《六盘山》2007年2期）

生活史

那走来的金驼在沙海深处一步一叩
宛若西地朝觐者的黄昏日落
天宇外的眼神只在鹰隼的翅间
轻轻闪过。是一丛绿藓中的星火

我的前定与后世恰如这生生灭灭的花草
不带任何附加的预示
不确定的喜悲行进在不远的时空
等待是一种必然

焰火丛中飞升的鲜朵带着剧痛
尚不见那把银勺在火的河岸将谁一把打捞起

默诵的经文是打不开枷锁的钥匙

只有那萌动的春潮带着母性的土腥
氤氲着倘大西地
金驼两具驼峰之间升起一轮圆润的月轮
一部西地殉道者悲苦与狂欢挟裹风雷的生活史
又徐徐开启

（原载《绿风》诗刊2007年5期）

大明城下，梨花以上

她把一池春水直直逼进我的眼里
使纷杂的世界那边，一片天地开阔
我看到我的青春来到
一片瓦蓝的晴空从彩云之东流过

是我辫状的新娘和楷体的婚床
这云雨初晴的氤氲
大明城下，梨花以上

不见一个买花姑娘，我的花该卖给谁
我站在夜里的花哭红一片天堂

那么，就让那条老狗的身影带着我一夜的疲倦
从明天的早晨出发。我能说出的已所剩无几

不是云和雨，不是风，不是你
也不是我自己

（原载《星星》诗刊2007年7期）

以笔为马

七百年前驭我以神游
七百年滋养我的骨血
七百年后传我以美名

五寸时间，万丈光阴
它以站立直指时光女神眉梢
清水潜藏体内。明月灯盏下
绿了红花

明月灯盏下，它美目扬起波澜
有闪电与雷鸣。有秋风与细雨
有砍砍伐檀

就让那绝世的美妙时刻抵达心灵
笔锋凛冽似燃烧的马鬃
七颗北斗缀成它壮美的——
后世

（原载《绿风》诗刊2009年3期）

等 于

等于我把江水还给了泥浆。那条河的走向暧昧
等于惊破的陶纹一直穿过了我的理想。多像沉沉的心
一半被带到了天堂。等于宽广无垠的固原铺开了
一张纸的菲薄快乐着。我的负罪感被容忍
等于旗帜的高度开始隐藏。母亲的山地滑坡
等于打开的即将关闭，仿佛从未打开一样

（原载《黄河文学》2009年1、2期）

一灯之下

灯在夜里睁开。一片白纸在清朗的灯影下开放
世界在我的视线里，在灯的光影里摇曳
液态的时间从灯的眉间一波波穿过
灯平静地摇动身姿，她的芬芳里氤氲着柔软的诱惑
一群影子躁动着。我挥动狼毫小楷
看见墨在红灯里动荡，嘶鸣，纠缠，冲撞
虎虎生风的灯下，我拨亮灯芯
清风里她时机成熟地转过脸来，浅笑着

（原载《黄河文学》2009年1、2期）

小 青

没有人比我更懂小青。马厩槽头
小青抬着高傲的头
目光越过土坯墙直达万丈青天
小青虽然只有半岁
却被无辜引入歧途
小青在饮马的清水里看到自己

小青从此不思水草，瘦骨嶙峋
明月夜小青独对槽头如水的银辉
一滴泪打碎深夜的玻璃

没有人比我更懂小青
沉默是最有力的抗拒
小青得病死后，它的雏形的马缰
一直挂在我的书案前，如不死的精神

（原载《民族文学》2009年8期）

若 水

光亮的水沉静地浮起于夜色
像被放养的野马，站成漆黑的方队——
我看见平凡的细微里，那丝缕不绝的走动——
我感受到开放的空间，滋润的流动松开了我的骨骼
水在水中，像被解开铁缰的儿马——它的心
比天还大。比海——比水——
水在水中找不见水
水的眼睛紧闭——
鱼、石头、盐都进来，又都出去——水被割成
一条一条的，水的伤痕是哺乳动物——
水的刀子上没有刀刃——那泱泱溢及四海的水
和一滴来自露珠的水，同时闪亮

它滑落的青草丛病入膏肓
使劲往上长。它滑落的蝴蝶兰挣扎着开完一季就死了
我回头看这些清莹莹的水在不停地奔跑——
我想叫出水的名字，却已来不及

（原载《星星》诗刊2009年9期）

闪 电

闪电从远方。草绿星灿的西地
从一片湖泊。从长满苔藓的峰峦
闪电从装着大豆的草场。从母婴酣睡的兰大庄
闪电一脸光明。从黑夜的双翅下
带着羽翼。闪电行走康庄大道
蹄下生出水声涟漪。闪电是黑色的身影
闪电之黑，是万里夜幕下伸开五指收不拢的黑
是燃出红色火星的炭火烤制出的黑
闪电把这混沌的空气摩擦出焦味
它丰赡的臀位犹如满月
我从闪电鲜为人知的脸上，把玲珑满目的
精神打开，犹如海洋涌起的洪波

浪涛声里，读不出一句谶语似的诗意——
闪电引领着，风行的聒噪下
隐没的金子烧制的嚼紧紧箍在它的嘴里
像一瓢流回源头的溪水，闪电回来——
似落魄的虎豹，回到故里
那么，就让这一页真实连同闪电一起隐没
连同沉重如铁的皮毛血肉与骨殖
聊以为证的，只有那群星背后一脸平静的天庭

（原载《诗选刊》2010年7期）

闪 电（二）

从我的心里一路狂奔像点燃的火焰的
我叫它闪电
从我的心里奔腾呼啸而出让我大汗淋漓的
我叫它闪电。是那不倒的马桩
是城头败落的旗杆，以不朽佐证存在的永恒

这千篇一律的唱辞丢了韵脚。我的闪电
从这千人一面的世事中悄悄走出。我的闪电
那青灰的城池混乱如此平静。我的闪电
没有人在意有关清澈与高贵——

“此扇门一经打开，彼扇门已经关闭”
那层雪水已从你身后悄悄融化——
我的闪电——这自由的缰绳头下
只有红铜的鞍具经久不锈鲜艳如初

（原载《星星》诗刊2009年9期）

不歇，不歇

山移动的地方，河流行驶的西侧
兄长的羊群即将越过冰雪覆盖的山坡
几只麻雀低空回悬。像灰色的线团

还是看不到草色的绿意，从田野的东头
从远方一路漫来，带着滚动的雷声

我看见村庄的西北角
那缕淡青的炊烟又袅袅升起
带着温情与亢长的持久
执意蔓延向天空深处

此时在冰雪覆盖的原野上
静谧的潮水一层漫过一层
蛰伏的和隐蔽的构成这个时节
最厚重的潜在力量
我也无从说起，该从哪个隘口突然打开

这席词语的盛宴。只是时令却在一步步推进
已将部分迟钝的生灵远远抛弃在身后

（原载《六盘山》2010年3期）

谁也无法阻止我飞翔的翅膀

那一天河流如期回到我的眼中
小鱼驭走满河石头

那一天周围迅起的鸽群打着口哨
祖母欲把双手伸出，廊檐滴水已穿透石阶

谁也无法阻止我飞翔的翅膀
一排奔跑的栅栏织满诱人的荆棘

我要唤出一对恋爱的蜂蝶落在肩头
在渺茫的洪荒中，铁青的石板整齐地拼成新围城

火热的葡萄一颗颗胀破。一双老鼠悄悄穿过
无人的街区

我闭上双眼，感受到大地传来的讯息
有鸟在呼叫。快飞快飞，不等不等

（原载《六盘山》2010年3期）

窗 花

纸剪的窗花是红太阳。太阳单薄
我在这朵轻盈似雪的太阳里种下果树
并放飞鸟雀。有茂盛的枝叶滴翠
有呢哝雀语。其间夹杂喧哗与骚动
是一幅人间温情的生活史

这张拙朴的纸花外表憨敦内里清秀
我剪出柳叶之眉，开启其美目
我从她风情别致的美目走进纸质的清朗世界
接近一朵花的内心
我看见丝绸般细腻的波纹云卷云舒
花容质朴，花心沉静。有乍起风云

它避开尘世的风雷，是一朵脱俗的红枫
虽阅尽人间冷暖却保留柔静之风华

清夜里这朵窗花悬挂在窗前
它是谦逊的却又是孤傲的
它是幽闭的却散漫芳香
像一面亲近的月亮
我在这面鲜艳的镜子里
看见了自己。和失散的青马
和我迟到的爱情
窗花呵是一池激荡秋波的春水
圆满了一个冥想者不愿吐露的心声

而我，更愿意默立斗室，凝神止息
看这只纸花里的雄鸟如何踏着祥云飞翔
而我，更愿意感受窗花里弥漫的剑胆琴心
更愿意将窗花当成避邪的图腾
为我庇护一室安宁

——我在一张猩红的纸里全美了自己

（原载《黄河文学》2011年1期）

笔 锋

有人在虐杀骏马。一匹匹清一色的骏马
——被虐杀
每每想到此，他内心一片墨黑
极目遥望青灰的草原
尚不知马儿清美的魂是否已飞回故乡
他以长久的默立祭奠
心头如有重负失落万丈

——而笔锋此时突然冷峻
汁水丰盈欲滴并暗藏杀机
他执笔的手颤抖不止，似即将离弦的利箭

他突然产生一股深彻的悲苦与孤立
而笔锋竟绽放出逼人的剑气

（原载《黄河文学》2011年1期）

启示之灵

有一白马入梦。俊朗清秀，眉间深锁沉郁
它也没有呼啸的嘶鸣，它也没有扭作半轮圆月
与我对视。复对视——
它把沉郁死死逼进我的眼睛
它忧伤的心。忧伤的翅膀。忧伤的精神
然后它以黑贝壳般的蹄轻叩地面三下
扭转高傲的头颅走向深黑。一步三回头
长鬃张扬如白色火焰迎风起舞
我记起它美目中含着双泪——
清夜里。我梦醒。夜风阵阵——
似民间饥苦的低啜声——

（原载《朔方》2012年3期）

允许我邪恶之后的窃喜

时光骑跛驴悄悄走过我的窗前。允许我
背过别人——邪恶和变坏——
像长在厕所旁的玫瑰
锋芒毕露面目突然狰狞——
有一次我把猫狗吃剩的残羹倒给鸽子
看它难过，恶心，和呕吐——
有一次我悄悄偷走王大爷拐杖
他扶墙起身时重重摔倒——
有一次我把家里的时钟调错——
母亲半夜起床礼拜。二嫂提前生火
允许我邪恶之后的窃喜。允许许多年后
那些邪恶偷偷跑来找我——

骑着时光的跛驴悄悄来到我的窗前——
蹲在那里窃喜——

（原载《星星》诗刊2012年5期）

弦外琴音

我尚能用一枝春花欢愉女人心——
我举着花朵凋落的枝头向女人告谕
——这花枝香于花

我尚能用一盏清茶安抚朋友心——
我捧着茶汁残败的青花瓷杯向朋友解释
——这茶杯醇于茶

我尚能用一页诗稿蛊惑世界心
我拿着字迹斑驳的羊皮经卷向世界嘀咕
——这羊皮高贵于文字

没有人反对。也没有人应答
——这漫长的沉寂高贵。复高贵

（原载《星星》诗刊2012年5期）

精 神

晨曦中第一声鸟鸣打开时
当翻越群山的虎豹到达山巅
当近海的渔船起航。你已早于时间
在我之前整装待发。一个眼神
是悬挂的精神之灯。明亮地闪烁在
自由的晴空。不是风光的涟漪
是一个隐蔽的奇迹。我在走
沿途的风景布满疮痍。你像那匹黑色儿马
紧跟身后。似我长长身影
黑得俊美离奇。一次我回头
无意间看见你，不觉大吃一惊
——你已并无美好娇容。略显苍老

眉宇间随有英气却已老钝
我尽快回头怕你发觉——
而腮边已挂落两颗清泪

（原载《回族文学》2013年1期）

璧联

剑锋钝。它曾经的光辉是它的精神
光炬消失殆尽。而空旷的清油灯不灭
风沙掩埋的死马骨忽一日暴露出头颅
它千年不化的骨殖是它的情书
笔墨纷飞。剑胆琴心直逼纸张
一张纸锋芒毕露时，执笔者气若游丝
他谦卑的人生掠走一切幸福
富贵了别一座城池
百年后一位年轻的后继者重蹈覆辙
明月隐藏了它的阴面。冰山沉入海水
我伸手抓握住时空中伸来的手
犹如无援的思想，回光返照

（原载《朔方》2013年2期）

祈 愿

那飞遍千山的苍鹰是大地的翅膀
它的翎羽间深含着我的火焰
火星明灭。似剑气冲撞
似沉闷惊雷，静悄悄炸响
这只鹰是值得纪念的鹰——
是它的飞翔压低了天空并提高了梦想
是它的高空滑翔解救了濒临死亡的灰雀
——走过我身边的人们
我是这样一个苦于幻想的人
我的心中饲养着百只黄鹂
如你倦怠，我愿放飞它的鸣叫

我深知你倦怠的旅程。我亦深知
万人丛中，你恐怖的孤独

（原载《朔方》2013年2期）

自成花蕾

要说起我最喜爱的金马驹
是挂在蓝天的红太阳
我看到数以万计之精灵
穿越白茫茫的前生，来到今世
我叫出今世你的名字
犹如唤醒那沉睡的马儿
我在你的眉宇间看到俊朗的英武气
没有了既往的飞驰
我亦能深谙它灵动的精神
在广袤的大地飞扬
今天西部大地如此静谧
今天过往的官僚一改往日的跋扈

在潜藏绿意的沙地里
走了冬季来了春意
仿佛复苏的精神之焰
轻轻撩过我难以平静的心境
隐没在大地背后的那群生灵
清水里惯以成冰的鱼群呵
我是这样一个可怜的人儿
我企愿清冷的背弃过后是长久的思念
我跟随过人们孤寂的身影却走不进人群
有一天风把遥远的消息带来
风说那人化为纸色灰迹自成花蕾

（原载《朔方》2013年8期）

浸染，浸染

一条河自从走进另一条河
它清朗的色泽被浸染
在昏黄的泥浪中
谁也分不清，扬抑的浪花
拍打过谁的伤口

春风里我拒绝胭脂的浸染
而淫靡的红，正在加紧吞噬那片青绿
——像带刀的笑容

这支笔俨然一把杜绝浸染的骨头
苍茫笔锋间流淌不尽纯真的清流

这骨头又似那英雄的剑盾
它雪亮的光芒独立坚定

可我需要岸边伸来的温热的手掌
可我需要你如灯的目光

我比时间缓慢。比月光寒冷
千山阅尽，唯白马安然

左边是莲，右边为剑

那沉郁的思念在今晚弥漫不散
我借微晦月色分辨出南部故乡依旧
平静的大地起伏胸膛
泛黄的日记一脸迷茫
那村头的古柳上挂满塑料薄膜
像招幡的旗子。风扯碎岁月的记忆
唯日渐干涸的泾水似明月般透亮
我有万般清净的天堂——我亦有
永不枯萎的梅朵。我站在你左边
是傲放的莲。我回到你右边是生锈的剑
故乡，在我心中你是不圆盈的月

所剩无几

父亲的羊圈栅栏尚存
母羊的骨殖尚存。刀一样的
青草疯长，羊群所剩无几
后院菜畦田亩平整
萝卜大蒜的苗缨枯萎
尘土封埋她细碎的脚印
她留下的温存所剩无几
云天开朗。惯飞的鹰鹞沉默
在它无数次丈量的土地上
硕果丰盈的园子锐减
蜜蜂劳顿后的甘甜——
所剩无几

走马的岁月，年关将近
去岁的记忆犹新
你刀一样的微笑已绽开
新时光的门楣开启
我对时光的依恋如此浓密
我愿抓住任何一丝细微的光阴
——虽然光阴所剩无几

祭奠青马

最是那决绝的回头，没有给时间以回复
是的，自从你梦见翅膀
你就再没有回到故土。在颠倒的时序里
你多次梦到我变身成马。连同你一起长出翅膀
风雨夜雨珠串成蓑衣挂在肩头
你认定只有奔跑。奔跑缩短了你和你的距离
有时你误读是时间跑到了你的前面
你在擦出火花的草地上多次倒地
然后失去骨殖。有朝一日
我怀念你的方式只有将你的缰绳
悬于的我桌案前。灯光里
它似钝老的闪电，发出阵阵沉吟

师 者

向一片雪学习无垠
向一棵树学习孤独
向闪电学习锋利的光芒
向日月学习宽广
向一只挂在岩洞的蝙蝠学习黑夜的思考
向邻居家的盲童学习沉默
向老迈的父亲学习独对黄昏时光
向拐弯的黄河学习浑浊
向返青的麦田学习坚韧
向英雄的鲜血学习滚烫
向城市的弱者学习卑贱
向一匹穿越过撒哈拉的骆驼学习希望

向返回故乡的虎豹学习疗伤
向四岁的女儿学习天真无邪
向十岁的女儿学习烂漫
向一把唤鸡的秕谷学习绝望中的渴望
向秋收的大地学习它母性的荒凉

练习曲

假若我的那匹马儿最终没能回到家乡
细碎的沙浪漫过它忧郁的眼神
在清水映不出绿洲的疆海里
是你俊朗的背影带来月辉带来阳光

清夜里遥远的龙吟
似母亲召唤
而风光的年月我亦风光
母亲即便改嫁大地尚未晦涩
我心间藏满爱的花朵
是易碎的雪

岁月那头，我看见你俊美的容颜
似青春的新娘。盛开在时光枝头

隐没的芬芳

真是一朵经历过冬季的梅花
我愿把它清冽的芳香留存玉壶

一个时代湮没的天才说：我只述不作
他来时无声去时亦无踪

那发酵的花香开放的开放
多像玻璃房子里面的舞者

直到有一天他突然回来了
带着朴素的背影。他说嗨，你们好吧

有人惊醒有人沉默还有人落泪了

他的口述如民间的经卷翻开在梅朵旁

是 夜

是夜。月色沉重如缁
风声如泣如诉。一部经典打开
第七十回处写道憔悴花遮憔悴人
谁的唏嘘。

再读。纸面香风拂面，似吹气之兰
惊。合书闭目

但若隐若现中似有绰绰人影
霓裳羽衣，轻纱拂动
似在一步一步临近

复打开书页。归于平静
远处泾水拍岸
似历史的回声

月光之光

我情愿看见你雪白的身躯映亮黑夜
我亦情愿在闪电的空隙你跃动的身影
闪电。白马。白马。闪电。你雪色鬃毛
似月光之光。你是大地沉静的翅膀

晨光熹微。你从破晓的云端飞奔而来
踏过正在消融的泾水
冰削和浪花飞溅。赤热和冰冷交融
像降临的神话，踏浪归来

我的马儿心意忠诚
我的马儿志向高远

在那里。在鲜花簇拥的疆场
它是头戴荆轮的女王
看见了远方炊烟缭绕的草原上
架起粪饼起炊的小母亲
该是怎样的惬意与美满

我情愿看见你带泪的微笑
我情愿看见你离别时最后的回眸

过往的岁月如歌唱尽

流浪的游子，过往的岁月如歌唱尽
一把流金的风里，你是多重的时光
且看受伤的虎豹布满血丝的双眼
——它舔食伤口的瞬间故乡明灯点亮

你沙哑的歌喉不再甜润
我亦不再是青春少年
扬尘的岔路口逐渐明晰
骑羊少女背影绰绰已跨过蓝桥对岸

而我双手对掬的企愿打开
明镜高悬的天宇像倒悬的大海

而你沉默如金。岁月的光线淡黄
轻轻涂上你慈祥百倍的脸

消遁之水

有别于苏打味浓重的自来水
有别于硝酸加重的小雨水
有别于瓶装水。有别于
浑浊的黄河之水

饮马的水槽干裂
消雪的水窖封存

黑夜里却有它汩汩回声
身后却有它清亮的深眸

似有千言万语却又止
——对峙是千年对峙

有朝一日，我在你盈眶的泪珠里
看到它的哭泣

你 说

你说，清水不腐。流动的云朵
是你沉郁的内心开出的花
没有了最初的念想，那条延绵不绝的江水
洗刷不掉青春的记忆。你说
告别过往的岁月
仿佛告别一位似曾相识的老朋友
有一日，他站在你的对面
浅浅一笑，有悲伤
亦有不尽的温情
你说，偶尔的回头
总能看见一只摇动的花朵

在青春的枝头，灿烂如初
那花朵还是那般清新淡雅
如不死的青春
于是你说，快看快看
我们那时误种的小树苗竟然错长成
路边的参天大树，也有行人庇荫
也有鸟雀垒巢
时光的栈道上，你是我的风光
我是你的观众，没有走散
且同时到达

森 林

我们把手举起，在太阳下
月色里。我们开叉的十指，透亮纯净

我们相互拥抱，身体盘根错节
——我的身体里有你的呼吸

我们一起。掘开西天冻土
我们相濡以沫

鱼在水上。我在水里
火烈鸟鸣叫。白骏马饮水

我们同时睁开双眼。看见飞扬之旗
海涛如时光拍过我们的双肩

岁月里我只看到你的背影
酷似贺兰山壁立千仞的岩石

化了阴霾
换来美丽

附录

水 澂

1

水来到这个世界，世界不知道水叫什么。水的到来，纯属偶然。一牧童在山涧看到一处沙地潮润洁净松软，将沙地搅开。水就来到这个世间。水的到来让周围一阵惊叹。野杜鹃花首先看到了水中自己的模样。其次是松鼠。接下来是狗尾巴花。这个消息在山间传播。水把生灵的真实还原清楚。水越洇越大，成清茵茵的泉。牧童双手对掬喝下第一口水，小青驴喝下第二口。山间万物都看着。水无所适从，小青驴的唇伸向他时，他躲不开来。水冰凉的手伸向青竹，青竹一惊。水看见蓝天翻转不停，像母亲的容颜。

2

水被冻醒时，发现身上覆盖着厚厚的雪。雪在水上雍容华贵。水想站起，却被雪轻轻按下头。水闻到雪身上的清香。水嗅嗅鼻子，雪有所觉察。水觉得自己是男性。水突然间成人。雪的柔软使水有所坚硬。雪躲水。水在雪下是鱼，鱼儿游动，制造彼时的欢快。雪伸手想抓鱼儿，又不敢。不小心，雪跌入水中。跌入水中的雪，看不见自己。雪说，我呢。水说，在呢。雪看不见。雪哭时，看到了自己的模样，像水的样子，有些丑，不像自己。雪怨水。水惊异地发觉，雪中暗藏着一把刀子，雪亮雪亮，不动声色地伤到了自己。

3

一天夜里，水看见月亮一丝不挂。月光稠密，厚厚地盖在水面。有浓重的金属味，是银子的味道。月亮满脸凄婉，布着阴云。一把一把将月光洒向水中。水感到异样的沉重。水呼吸急促时，月亮来到水中。来到水中的月亮有别于天空中的月亮，略显轻浮。在水中飘呀飘，有时还伸懒腰。水觉得这个月亮比较清苦，从未见到它笑，不像太阳，整天笑呵呵，没大没小。水突然看到月亮的背面，不觉一惊，这背面却大有深意，简直是另一个月亮。它把这一面展示给谁了，水纳闷。这时月亮转过身来。月亮似有愧意，一个劲地向水中泼洒月光。月光不值钱，这水知道。但他还是多想要一些月光。

4

水对鱼说，你的翅膀划痛我了。水感到鱼的翅膀上带着闪电。鱼儿游动的一瞬，自己仿佛要被点燃。水感到鱼儿一旦游动，自己就遍体鳞伤。水学鱼的样子，张开翅膀。鱼儿哈哈大笑。日久，水感到鱼儿像自己的妻子，站在他的上面，肌肤柔滑，婀娜多姿，风情万种。妻妾成群，水觉得自己是一个古代的君王。鱼儿沉睡，水逐个清洗它们姣美的容颜，为鱼儿取名。月光降临，水恍惚，不知是鱼在水中，还是水在鱼中。月光加重，水在鱼群中穿梭流动，仿佛化身为鱼。那些丰满的鱼像沉睡的水，失去了翅膀。

5

水在大草原行行复行行。水看到大河左边的雄狮和大河右边的羚羊，对河兴叹。大河左边生灵锐减，水草茂盛。大河阻挡着饥饿的雄狮。大河右岸羚羊众多，草地贫瘠。羚羊想过河去对岸饱餐美草。水从雄狮和羚羊的眼睛里看到了共同的愿望。他们都渴望大河干涸。而羚羊的愿望似乎更焦渴。水的心情陡然沉郁。水向羚羊投去同情的一瞥。一时，水有些失神。水看着羚羊，羚羊在岸边偶尔扭作绝伦的花环。水擦去盈眶的泪花。而左岸，雄狮沉静，其目光深邃似剑。而左岸的水草，像水中的月亮，圆盈丰满。经过大草原，水大病不起。

6

水看着中午的太阳离自己越来越近。太阳金黄的火焰弥漫着沁鼻的香味，水有一种眩晕感。水感到自己仿佛突然找到了梦想中的王子。水把自己打开，开花的水晶莹剔透，洁白无瑕。水伸出双手说，嗨，太阳。鲜嫩的水确实使苍老的太阳一惊。太阳转来脸来，水没有来得及看清太阳的脸庞，就眩晕过去。醒来，水浑身是伤。一朵云飘在他的头顶，在不停叹息。水要说什么，但谁也没有听清楚。水看太阳，却看不清楚。云摇着头叹息不停。水拣拾起自己的碎片，每个碎片上都有一个烧焦的自己。那太阳站在云后，不动声色。

7

一天，在我夜读的案头，忽有清香淡淡，如丝如缕，延绵不断。整个斗室清新冷凝，身后如有吹气之兰。我闭上眼睛，一种温情传来，内心空旷神怡。我感觉到她的冰凉，如同凝脂，光滑细腻。还有她细碎的脚步，伴着浪花，轻轻奏响，如同滴落银器的雨滴。还有她双足间的玉镯，轻轻拍击。然后，她摇动舞步，轻曼舞姿，似微怒的潮涌，又似开放的银莲，轻打露珠。轻巧的双手似要拂至我的脸颊，却又慢慢退却。一切慢下来，像悬浮于空气中的尘埃，随意自由，无拘无束。我感觉自己的心逐渐打开，舒缓，成莲状，生动美丽。我睁开眼睛，清风阵阵。翻开的书卷泛着潮润的光泽，弥漫着水色的芬芳。

8

水终于梦到了自己的模样：坚硬，洁净，光滑。水抚摸着冰，抚摸到沉睡的自己。水在梦中实现了梦想——它笔直直站立起来，并且呼吸到高处的空气。面对骄阳，水紧握锋利的剑，绽放出七彩的光芒。它看到美轮美奂的大地上，一对父子依偎在老家园，迟迟不愿离去。水在冰里，像流淌的精神，水觉得是自己给了冰奋斗的灵魂。而冰的冷凝与沉默让他费解。水在柔软和坚硬中间来回奔跑，跑着跑着，跑累了。醒来时，水找不到自己，也找不到冰——原来的冰化成了水，而自己又变成了冰。他睁开眼睛，又有坚强，又有懦弱。但他觉得不再轻浮，一片金黄的树叶冻结在他的心里。

9

水看到另外的水，一步步逼近。那些水不动声色，像一群野兽。水看不清它们的面目，像一个个幽灵，在暗处潜行。水感到孤独无助。它们声势浩大，时而暗蓝，时而浊黄，拍打着地面，发出哗哗的暗流声。水想逃离，却被包围。水感到那些水一步步接近，它们嗅着它身上的清香，它们甚至伸出手，抚摸了一把他的脸。它们使劲靠近自己，显得贪婪。水严防死守，杜绝些许的浸染。它们的目光中深藏不露的刀锋闪显出来的光让水不寒而栗。水才知道世界上也还有这样的水，也还有有别于自己的水，也还有如此无耻——的水。水在绝望中站立着。站立在水中的水，有别于其他水，它的光华清亮洁白，净如处子，把世界那颗麻木的心刺痛了。

10

而水终于等到了向它漂流而来的鲜花。鲜花来自上游，虽历经千险，却还艳丽。那花穿着粉色的裤子、紫色鞋子，一看就知道是来自普通百姓家。花身上的淡雅与淳朴，让水回到童年。他回想起掬他入口的小牧童，把赶马的鞭儿遗忘在了水泉边。那鞭儿上还系着红头绳。那花漂到水中央，不动了，脸绯红绯红，汗渍渍。那花把脸浸在水中，然后睁开眼睛，在水中央睁开眼睛的花，吓着了自己，也吓着了水。那花的喊叫惊飞了一群小燕雀。那花看到了水的眼睛，忧郁，深邃，把冰冷死死逼进了它的眼里。那花在水上飘着，叶瓣合拢，抚弄着自己的小花辫。那花是有心事的。

11

我从来没有看到过水如此秀丽的身姿。它在龙潭腹地独自起舞，摇动婀娜身姿，天地为之动容。似有天界的乐声，伴随山涧鸟鸣，自然的纯朴与野性的开放相互交融——我看到水狂发飞扬，如燃烧的青草。它丰满的肌肤活力四射，难以遮蔽水内心的狂躁。它的眼睛里充满焦渴，像冰凉的火球——我是说，年轻的水是成熟的，是不安的，是一把飞落天空的念想——是杨柳梢头的春天，是花开放后的空落。水一把拂过，沿河的花蕾失色，潜藏的露珠惊慌失措。唯紫苜蓿的花无动于衷——它惯看刀锋，坚韧的心给了水力量。水的心，是平静之心，是清朗之心，是圣洁之心，是包含万千情愫之心，是无我之心。水的心平息，平息，浪花宁静，水流舒缓，水面安谧。水拂去满脸汗水，转过头来，千年一笑，宛若满月，又似芙蓉，粉黛失色。

12

水翻动一片树叶，上面记满岁月的纹脉。水再翻开另一片，上面写着："你小的时候……""……宛似晶莹的露珠，你是我心口的月亮。"水看那上面的图迹，仿佛留有婴童的纯真和母亲的容颜。水浑身颤抖。那朵栩栩如生的马兰花，多次来到他的梦境。还有，那刻着宝剑的半片青瓦，他记得是哥哥从遥远的山涧带来，传说那里是帝王避暑圣地。水再翻动别一片，他终于看到母亲的日记，零零散散飘落在岁月的枝头。水满脸泪水。自从离开故乡，他是无法回头的虎豹，他的眼睛里长满了奔跑的触须，在不停地长长长，长长长。水抬头看到密布的蓝天像倒俯的海洋，一脸平静与他对望。

13

水听见一阵喧哗。先是众花朵们的，似有不尽的呢喃，个个窃窃私语，仿佛不易传播的消息。后来又是百兽的，大家一脸沉默。水从这个百年沉淀而成的池子里抬起头时，众花草一脸惊喜。水说你们好，大家频频向他致敬。他在花草脸上看到了日渐丰厚的自己，成熟的自己，和美艳的自己。水突然间才知道，自己长时间已经没有露脸了，带来了不安与猜疑。水轻轻撩开面纱，那花草都投来倾慕的目光，大家都心安理得低垂下头。水走出池子，水看那湛蓝的天宇一阵阵地沉寂下来，并慢慢转暗，变黑。有星辰提前点亮明灯，在天空中鬼鬼地眨吧着眼睛。无数的星星彼此亮起时，夜空里竟然热闹起来，大家彼此间开始了亲热的寒暄。有一两颗特别亲近的，走到一起，却格外得沉默，似有千言万语不知从何说起。水沉静地聚敛在自家的门前，被夜空明明暗暗的光辉打亮，又染黑。星辉下，水平静儒雅，安静得像水自己。水的内心从未像现在这样平和。水听到自己遥远的心跳，穿过荆棘丛生的森林，回到自己。水浅浅对自己一笑。

14

我赞美！风动云涌的世界里，为我打开清净之门的人。赞美一颗滑动的流星过后，苍穹茫茫，你为我留守的那抹闪电。我赞美数星星的婴童，还有她几近酣睡的母亲——是的，是她教会我从背后看到一个人的善良与本真。我要把众神的影子唤回大地。仿佛一次朝圣，苍生静默，唯西天的云彩变幻不停。大地有如此丰饶，世界一隅，灯盏明明灭灭，点亮人心深处的灵光。你的善念丛生的追随，是我清波荡漾的流动里的浪花。我把纯真的灿烂打开，犹如花朵开放，群星璀璨。美好犹如今夜，犹如明晨，犹如往复的岁月，不变的是承诺。一把历练过火焰的清风里，总会有坚硬的金属，沉重如铁，饱含所有的积淀与力量。那么，就请你打开窗户，打开心灵之门。请行进的风景回到森林，请鸟儿亮开歌喉，请云层轻淡，并涂出七彩的光辉。犹如一次新生——我回到大地，回到母土，回到你那里。

15

水终于看到了那片丰美的草原，像绿色的海洋。水看到他的那匹骏马，在草海中央悠闲安静，像等待召唤的战士。水站在远处，暗怀爱怜的心意，细细端详和打量着他的马儿。他的马儿青春健美，像沉落大地的云朵。水的眼睛里闪过一层水雾。水雾弥漫，水不知不觉沉浸在自己的情绪之中。周围一片静谧，没有谁体察到水的心意沉重如铁。清风吹送，似如丝如缕的琴音，沁人心脾。水轻轻拂过。远处岚烟升腾，证明兴旺的人间烟火在继续。几声犬吠与鸡鸣回荡。有谁洞察水的内心别样的情愫，似不老的青春，闪动着迷人的光芒。一切仿佛即将结束，又仿佛刚刚开始。记忆的瓦片上，过去的时光被新时光的色泽覆盖过。水抬起头，亘古的天宇一脸茫然。水让内心平静下来，水看到她心爱的马儿抬起头，眺望着远方。

16

水轻轻跨上马背——这是水一生的大梦想。从前有一匹白色骏马常常来河边，它的俊美与灵动、飘逸与洒脱、青春与力量、忠诚与博大，深深打动孩提时代的水。水一生爱过无数生灵，但对骏马的仰慕却深及灵魂。在水意志消退的时候，水对自己说——马，是的——马，犹如一盏灯。它的发鬃多像精神的火焰，给水以希冀，以抚慰，以信念。现在水的梦想终于实现，恍如大梦。骑在马上的水，扬起威武的潮头，并拍打出龙吟般的潮声。在马看来，此时水多像低伏的骑手。水拍击马的双颊，给马以明确暗示。风动云涌之际，闪电打亮前方。马感到水的沸腾。水也同时感到马的热血。光线明明灭灭，犹如风驰电掣。空气中摩擦出强烈的火燎味。水看到奔驰的马儿犹如云彩。大地之下，遍布花香。水第一次离开大地母亲，看到了褴褛的河床。一时间，水忘记自己是水，水张开双臂，给远方一个满怀深情的拥抱。水有了奔跑的强烈愿望，水挥动潮头，犹如健壮的四蹄，暗藏的力量终于找到梦想的翅膀。在马看来，此时奔跑的水多像骏马，而在水看来，此时低伏的马又多像聚敛的清水。水为马，马为水。时光飞逝，谁是谁已无法清楚分辨。

17

在那里，水看到了剑。剑身生锈，剑锋钝老，沉睡在泥土里，似千年化石，几乎无法分辨形状。水轻抚剑身，剑身发出微微震动。水端详这柄剑，领会其传播千年的神话与传奇，觉得它才是旧时代的史书，等待知音，等待眼睛。水启动食指，轻扣剑身三下，剑身上的尘埃惊落，并发出沉重的回音，如同龙吟。水期许剑的苏醒，期许看到它锐利的锋芒，看到文明的蓝绿色斑驳。水又不忍，最终放弃——水觉得它属于它的时代，和它的勇士，它的化为泥土的英雄。月色下，剑散发出陈旧的芬芳，绽放着柔静的绝代风华，像不死的精神。一层新的月光覆盖过，顷刻被它的古色淹没了。水轻握剑柄，犹如握住既往的时光，那时光云卷云舒，刀光剑影，靡丽堂皇，侠骨柔情。时代的翻转里，演绎的故事千变万化，历史的长河中，奔波的人生千差万别，唯有爱的延绵亘古不变。剑把它所有的荣华、胆识与力量送给了水。水睁开眼睛，那初上的新月清新锐利，挂在夜空，像它熟悉的老朋友。

18

水看到远处火光冲天，映红了半片天空。水预感到不祥。水用自己独特的方式召唤身旁其他水，有畏缩者，有逃避者。水对那些肮脏的水、卑鄙的水感到失望。水义无反顾地向前冲去。有一个年轻的水默默追随在他身后。水看到那肆虐的火焰像逃出笼子的巨兽，张牙舞爪。水被火的张狂震惊。那火张开狮子大口，在吼叫，在咆哮。水的到来，让火感到一惊，它调转回头，倾全部火力向水压榨过来。巨大的热量让水感到窒息。水扬起潮头，与火对峙。一丛火焰飞蹿而来，水舞动清亮双翅，力挽火势。火像震怒的龙，将水围拢。巨大的热量下，水感到一阵剧痛，无数细微的刀锋进入它的体内，要把它撕裂。水看到不远处那个年轻的水，脸上挂着堆满诚意的泪。水把自己拧成明亮的利剑，看准方位，直直刺向火心。火焰深处，传来火绝望的尖叫。在火焰内心，水感到自己一点一点被分解，像一只冰清玉洁的凤凰，独自起舞，完成正果，凤凰的羽毛堆满火的内心，似雪非雪，似絮非絮，似蝶非蝶。

十二复生

第一复生：开端的黑暗

在你飞起来之前，万物不知你的名目，而你属于万物。无望犹如黑色潭水，漫上你的眉梢，你诅咒你钦慕的光环与光环中的女子，而那女子沉默如初。

我们的神肯定看着你，像牧羊人试探他可爱的小狗。而小狗却围着羊羔，辨不清谁是主人，谁是责任。

你把心冰冷成金属，一哭，一串纯银的声音从你的胸腔奏出。没有人听见这最初的绝唱，就是一个天才诞生的圣曲。

伊不利斯乘虚而入，他设置陷阱。你一后退就一落千丈，迎接你的是女人温暖的梦。你听见身后迷人的叫喊即将来临。而你最终迈了一步，走进火的炼狱。

第二复生：火的炼狱

那是用石头做燃料的宅子，那火是蓝色的焰头。那里没有风。你把自己看作一个新拓制的陶器，脱胎换骨。火不烧那个器皿，神把希望寄托于它上的器皿。你的身躯越来越重，负荷着巨大的内容。闪电与雷鸣铺设在四空。你发觉在无比燥热的头顶。大阳只有一墙高，晒得人脑浆翻腾。而你没有呐喊，你的头顶上空飘着一面硕大的绿色旗面，遮挡着烈日。你开始迅速升腾，越来越轻。

我问那执旗的是谁，你说是民众。你又说，是你，你还说，是使者。

你的一生就这样或重或轻地飘荡过，你为自己堆砌了一个堂皇的炼狱。你为你的炼狱命名，你叫它天堂。你说那是玻璃的房子，四周透明。在你的房子里，你伸手抓住了今生和后世，光荣地永久活在我们中。

第三复生：凤凰涅槃在春夜

我为你选择了一个黑夜。这个时候，便于诞生。杨柳叶儿刚抽出新芽，河在低吟。一池春水荡漾着月光，月亮横空。蛙鸣像儿时的叫喊与欢唱，风像温柔的姑娘。麦田是绿色的地毯，上面有母亲昨天遗落的美丽的花辫子。

当你老了，我就为你选择了这个时辰。万物都静悄悄，只有你分娩的声音。你轻轻从一个地方飞起，凤凰一样的冠羽波光粼粼，鸣唱一句，万鸟齐喑。

你也因此没有了归去的感觉，任何地方都是你的故乡。你飞向人间又飞向天堂，自由如风。

第四复生：我的诞生

你遗落的那支凤凰的羽毛是生根的种子。多年以后，我像女儿一样从母体的子宫降生。这个世界多了一份独特的欢笑，那欢笑是种子们唱的。

你在苍穹用神的话语询问我的名目。你从我的身上发现你的痕迹。我孱弱地攀上你粗壮的树之躯。噢，我的母亲树，生长在天堂的最亮处。

第五复生：所以活着

我承受了和你一样的苦难与欢欣，我也正在承受。我必须坚强地活着，必须。

此时，我才理解了你黑夜流泪的原因。黑夜其实是你的白昼。你的目光就是你的庄稼的太阳，你的血泪是它们的雨露。

使命诞生，火的种子遗留在血液当中，我因此彻夜无眠。

晚归的羊羔该归圈了，我得去为它们打开栅栏。池塘的水干涸了，荷叶渴着，得寻找一个新水源。我的新娘要分娩，女儿要诞生，我得准备一个漂亮的名字。我得为她们每人缝制一顶纱布盖头。我休息一下，就得出发，趁着月光的辉煌。

一本诗歌刊物就要夭折，一位老编辑刚刚去世，斯人萎矣。而遥远的地方一座城市正在沉没，我能干什么，我只能像杜鹃一样啼破血喉。

第六复生：你在我的头顶上空

（我对我心爱的姑娘说，请你给我激情和勇气。她风摆杨柳，在我眼前摇动身躯。月光照亮她的轮廓。我看见耀眼的光芒刺破黑暗向我而来……）

那美丽的故乡，歌谣似风。红枸杞鲜艳地围在西夏王陵旁。六盘高峰上，花儿响四方。披纱的老龙潭睡眼惺忪，她是神的女儿，隐在深处。它们等我发话。

黄土地上泥土的味道是你离去时的那样，如麝如乳。小草正静静生长。你在我的头顶上空，高入云端。你的一生都与泥土为伍，你的升起是泥土感怀的必然。甘露是你降下的思念。因此我常常误认为你是海的源头。

你在我的头顶上空。任何时候我都不会孤独。而我一米七一的身躯，是你遥远的投影。

第七复生：一伙人的微笑

一伙人微笑着说：我们的儿子在城市居住，城市就是我们的儿子。我听见这话就眩晕不清。是的，乡村养活着城市。父亲的庄稼养活着我的庄稼。谁能说出这种辩证？

一伙人微笑着说：天不下雨了，用什么来抗旱呢？他们笑着泪水夺眶而出。我听见这话就泣不成声。如果那样，我的墨水瓶干涸了，我向谁去乞求？

一伙微笑着说：咱们的绿盖头飘进了诗。咱们该去诗里照一照自己的模样，可我们称呼那人什么呢？我说，你叫我的小名。我的母亲就在乡下的土路上，你去问她，她会告诉你呼唤的方法与步骤。

一人伙人微笑着说：爸爸，什么在偷吃月亮？月亮的妈妈呢？为什么不管她的孩子？蝴蝶怎么不说话呢？你领我去找小松鼠行么？